Roll-

MW01170808

Pollo x pescao

Por Jorge de Armas

Pollo x pescao

a La Habana, porque nací en el Barrio de Colón, en la calle Industria, y aunque no me gusta la pelota soy de Industriales, y porque sí, y pese a que la han destruido sin piedad, sigue siendo una ciudad que abraza.

a Santiago de Compostela, a Galicia toda, porque desde que llegué me habló de quien soy.

a Madrid, por sus noches y sus días.

a Miami, porque en esta ciudad hay más banderas cubanas (y pastelitos de guayaba) que en toda Cuba.

Primera edición: enero de 2021

© 2021, Jorge de Armas

ISBN: 9798591031176

Edición: Xenia Reloba

Fotografía de portada: Jorge de Armas

Diseño de portada: *My Pipol Multiservices*

INDICE

Yo maté

Fidel me firmó un papel. Cuando me muera, seré enterrado en ese pedacito de tierra que está detrás de los fogones, allí donde ahora están los puercos. Allí quiero que me entierren, y que sigan dándole sancocho a mis puercos encima de mis huesos.

Me llamo Francisco, como el Papa ese que vino hace un tiempo. Francisco Menelao Valdés Cartaya, hijo del capitán del Ejército Constitucional de Batista, Francisco Valdés, y de Mirta Cartaya, ama de casa. Teníamos esta misma casita a dos pasos de la carretera del Morro, aquí en Santiago de Cuba, y fui un niño feliz. Nunca me faltó de nada. Soy el tercero de siete hermanos, todos varones.

En 1957 tenía 18 años, ahora tengo 76. Un día descubrí que mi padre tenía una amante, cerca de Padre Pico. Se decía que esa mulata había sido nodriza de Frank País, y que era comunista, y mi padre todas las tardes pasaba una hora con ella, menos los domingos, que íbamos a misa, comíamos todos juntos y dormíamos una siesta larga en ese patio donde ahora están los puercos comiendo sancocho.

Me hice revolucionario para joder a mi padre. Su amante, Cachita Casas, es familia de los Regueiro.

Aún vive, en la calle Clarín o Reloj, no me acuerdo bien. Ella misma me daba los bonos para venderlos y me regaló mi primera pistola. Le caí bien a Frank, y recuerdo cuando lo mataron. Lo que dicen por ahí de que lo traicionaron es mentira. Fue mala suerte. Lo vieron y ya, un día te lo cuento.

Aprendí a matar muy rápido. Eso que dicen de que el primer muerto se te queda grabado en la memoria para siempre es mentira. Es el último. El único muerto que recuerdas es el último.

Cuando mataron a Frank mi padre me dijo que me estaban buscando, y en su carro, él vestido de uniforme, me llevó hasta la Sierra, y me recibió Vilma, que me conocía de Santiago. Fidel también sabía quién yo era, y que ya con 18 añitos tenía tres muertos arriba. Me dijo que yo era un cojonú, me dio el grado de teniente y me mandó con Raúl.

Me hicieron jefe de pelotón, del Pelotón de Fusilamiento. Los juicios en el Ejército Rebelde tenían dos penas: absuelto o fusilamiento. Siempre puse a los nuevos en el pelotón. Así los probábamos: a matar se aprende matando. Hasta enero del 59 fusilé a 203 personas, todos por traición o robo. Nunca me remordió la conciencia, nunca sentí nada. Matar no se siente. Es apuntar y disparar.

Cuando ganamos la guerra me fui con Raúl hasta La Habana y me quedé allá. El Che me pidió. No era el único jefe de pelotón, pero era el mejor. Era rápido. En un día podía fusilar hasta 40 personas en menos de cinco horas. Solamente en 1959 maté a 9451, entre ellos, sin dolor, a mi padre.

El Che me dijo que a mi padre lo habían condenado a muerte, pero que si no quería dirigir el pelotón él lo entendería. Le dije que no, que lo primero para mí era la Revolución y liquidar a los traidores, así que escogí a cuatro hombres, cargué sus fusiles, "preparen, apunten, fuego", grité sin vacilación. Luego saqué mi 45, me acerqué a su cuerpo caliente, y le di un tiro de gracia en la cabeza. Me ascendieron a capitán.

No dejaron que hiciera otra cosa. Era bueno matando. Hasta 1970 hubo varios pelotones, pero ese año me dejaron a mí nada más. Siempre utilicé a reclutas, siete pesos del servicio militar, para probarlos. Alguno se volvió loco, pero yo no. De 1970 hasta el 2003 fui el único jefe de pelotón de fusilamiento de toda Cuba, con mucho honor, con orgullo.

Hoy puedo decir que he matado en nombre de la Revolución a más de 1000 traidores. Todos gusanos hijos de puta, o asesinos, y lamento que ahora ya no se mate a nadie, que no me dejaran formar a mi relevo.

Después de lo de Ochoa estuve muchos años sin matar, hasta el 2003. Sobre Ochoa se han dicho muchas mentiras, que si se rio de mí, que si levantó la cabeza, que si pidió dirigir el pelotón. Eso no es verdad. En 1989 ya yo era General de Brigada y a él lo habían degradado en el juicio. Es mentira también que los maté a todos a la vez, no.

Llevaba mucho tiempo sin matar, así que primero maté al jimagua, después al pendejo de Martínez, y al final al General. Ochoa tenía una camisa de cuadros y me saludó con afecto: "hazlo como tú sabes, eres el mejor", me dijo. No tenía esposas, fue caminando hasta la pared de la Unidad y disparamos. De arriba me pidieron que no le desfigurara la cara, así que para el tiro de gracia le vacié mis nueve balas en el corazón.

Nunca me adapté a vivir en La Habana, así que me quedé con esta casita aquí en Santiago. Dos hermanos míos viven en Miami. Seguro te los has tropezado por allá. Los demás se casaron. Ninguno viene a verme, no me hablo con nadie. La gente sabe lo que hago y me dan la espalda. No tengo hijos ni mujer. Vivo solo aquí, con mis puercos, ellos son mi familia.

Cuando había que matar, me llamaban, me montaban en un avión y me iba a donde me necesitaran. He matado en todas las provincias, desde Oriente a Occidente. La última vez fue en el 2003, a esos tres que quisieron irse. El juicio fue rápido, como en el 59. Ya se sabía que los íbamos a matar.

Me llamaron una tarde y tenía tanta rabia, y tantas ganas, que los puse contra la pared y ordené que les dispararan a la espalda, el peine completo de los AKM, y en vez de cuatro llamé a diez soldados, más de cien balas para cada uno. Cuando me acerqué al reguero de carne y sangre disparé en cada uno de sus ojos. Y lloraba de alegría mientras lo hacía.

Eso que dicen de que el primer muerto se te queda grabado en la memoria para siempre es mentira. Es el último, el único muerto que recuerdas es el último.

Algo pasó ese día. Supe que no mataría más. Eran mis tres últimos muertos. Ahora solo me queda esperar morirme yo mismo y que me entierren ahí, en ese pedacito de tierra que es de los puercos. Más de mil maté, sin remordimientos. Recuerdo algunos rostros. Todos los que maté eran hijos de alguien, padres de alguien, hermanos de alguien. En una revolución se mata o se muere.

Yo maté.

El hombre nuevo

Una vez dije que hay que crear dos, tres… muchos Vietnam, es lo mismo, tenemos que crear muchos Fidel, muchos Raúl, muchos Ramiros…

El Che no quería volver a Cuba. Al menos eso se dijo, pero tenía una última idea, un último deseo. Desde Praga viajó a La Habana. Fidel lo esperaba en la pista del aeropuerto militar. Cuando se vieron no se abrazaron.

Hablaron mucho, el hombre nuevo era posible. Ernesto se había convertido en Ramón Benítez, Fidel ni siquiera lo llamaba Che. *La revolución necesita preservar la simiente de los verdaderos comunistas; hombres probados en la lucha y en la entrega al proceso, generosos, internacionalistas. No se puede esperar al siglo XXI, necesitamos conservar lo que somos, revolucionarios adelantados a nuestro tiempo.*

Poco después partió a Bolivia.

El Banco de semen "Hombre Nuevo" se construyó en el sótano del monumento a José Martí en la Plaza de la Revolución. Un túnel lo comunica con el edificio del Consejo de Estado. Es un semicírculo dividido en cuatro secciones: Líderes históricos; Héroes de la patria; Vanguardias nacionales; Intelectuales y artistas. También hay una pequeña zona dedicada a hermanos del pueblo cubano.

Actualmente se conservan 1959 muestras de semen comunista. El banco preserva semen abundante de Raúl, Almeida, Guillermo García, Ramiro Valdés, los Casas Regueiro, Ameijeiras, Ulises Rosales del Toro, Acevedo, Juan Escalona, Armando Hart, Abel Prieto, Blas Roca, Silvio Rodríguez, Amaury Pérez, Guillermo Rodríguez Rivera, Vicente Feliú, Rafael Serrano, Taladrid, por solo mencionar algunos.

En su momento, al demostrar que no eran verdaderos revolucionarios, se desechó el semen de Carlos Lage, Felipe Pérez Roque, Carlos Valenciaga, Roberto Robaina, Aldana, Landy, el general Del Pino, Alcibiades Hidalgo y Ricardo Alarcón.

Se conservan, como excepción, dos tubos de ensayo repletos del semen de Alfredo Guevara, porque según Fidel es *un maricón cojonú* y del general Arnaldo Ochoa, por ser, simplemente, *un cojonú*.

La última adquisición del banco fue la esperma indomable de nuestros cinco héroes antiterroristas: René, Fernando, Antonio, Gerardo y Ramón.

Al frente de la instalación y por decreto del Consejo de Estado se nombró al ingeniero en biotecnología de las Fuerzas Armadas Revolucionarias, capitán Juan Manuel González González.

Algunas noches el Comandante atravesaba el túnel y llegaba al recinto del "Hombre Nuevo". Se sentaba a contemplar la simiente del futuro: 1959 tubos de ensayo llenos de semen, a menos 196 grados Celsius. Podía identificar el de Teófilo Stevenson, el del cosmonauta Arnaldo Tamayo Méndez, el de Esteban Lazo... *¿Por qué la leche de los negros es más espesa que la mía?*

En el centro del recinto, justo en el eje vertical del monumento al apóstol, una probeta gigante almacenaba unos tres litros del semen mayor, del semen invicto, del semen único, del semen del líder histórico de la Revolución cubana. A Fidel le gustaba ver su esperma central, presidiendo las leches menores de cubanos revolucionarios.

Juan Manuel era el único empleado. Estudió en la Unión Soviética Ingeniería en Biotecnología Genética. En realidad, era un guajiro de provincia que solo quería aprender cómo sacar más leche de las vacas. Revolucionario, comunista, buen lector de Marx, Engels y Lenin, conoció de la criogenización y se volcó a ella. La criopreservación consiste en utilizar el frío extremo para disminuir las funciones vitales de una célula o un organismo y poderla mantener en condiciones de "vida suspendida" durante mucho tiempo.

Juan Manuel escribió muchas cartas, argumentando la importancia de preservar las células y el semen de animales productivos para reproducirlos en la lucha por el autoabastecimiento cárnico de la revolución. Cuando el Che entrega a Fidel el primer tubo de ensayo con la simiente del "Hombre Nuevo", Chomy Millar le dice que tiene al hombre exacto para dirigir el proyecto.

¿Se puede conservar la leche de los revolucionarios para siempre?

Sí, menos 196ºC es la temperatura en la cual el semen puede ser almacenado indefinidamente.

La esperma se mezcla con soluciones "crioprotectoras" especiales. La cámara de congelamiento donde está la muestra se conecta a un gran tanque de nitrógeno líquido. A través de sensores especiales se registra la temperatura en el interior de la cámara, la temperatura de la muestra, y según las indicaciones programadas, inyectaremos vapores de nitrógeno a la cámara para bajar poco a poco la temperatura, hasta una centésima de grado al minuto. Una vez que la

15

Pollo x pescao

muestra está a -40ºC o a -80ºC, se introduce y almacena en nitrógeno líquido a -196ºC en tanques especiales.

Juan Manuel fue un hombre feliz. Es cierto que nunca tuvo vacaciones, solo podía dejar el banco desatendido un máximo de tres días. Es también cierto que casi vivía ahí, aunque Fidel le dio una casa con todas las comodidades muy cerca de la Plaza, en Nuevo Vedado. También es un hecho que no tenía casi vida social, pero nada le importaba más que saberse custodio del futuro de la Patria.

Le dolía cada vez que tenía que retirar un semen traidor. Dejaba que el tubo se descongelara lentamente, luego lo abría, y vertía la leche infame de los contrarrevolucionarios en la misma taza donde cagaba, y simplemente descargaba. *La mierda a la mierda va.*

Su jornada laboral era cómoda. Aunque Fidel le regaló un Lada 2107, caminaba hasta la Plaza, llegaba a su oficina y leía el informe de los más revolucionarios y comunistas, intentando siempre tener el semen actualizado y puro. Después, si se decantaba por algún candidato, le escribía un memo al Jefe con sus consideraciones.

Decidir era lo más difícil. A muchos los desechó por borrachos, a otros por mujeriegos, los más por corruptos. Era una suerte que los históricos

16

hubieran hecho su donación mientras muy jóvenes. Una leche vieja no sirve, no es adecuada.

Una vez a la semana comprobaba el estado del semen hermano. No eran muchas muestras, Fidel era tajante con eso. Ahí estaba la leche de Daniel Ortega, Agostinho Neto, Salvador Allende, Evo Morales y Omar Torrijos, sin faltar, por supuesto, la del líder bolivariano y mejor amigo de Cuba, el Comandante Hugo Chávez Frías.

Fidel nunca quiso la leche de los rusos blandengues como Khrushchev o Brezhnev, ni la mierda de Tito, Honecker o Ceausescu. De todos esos del campo socialista solo se conserva, por cojonú, semen de Putin, el único que sirve. Tampoco quiso la leche de Maduro.

Juan Manuel no estaba de acuerdo con algunos de los caprichos de Fidel, pero se lo callaba. *Semen de García Márquez, de Antonio Gades, o de Guayasamín, ¿para qué?*

Algunas noches Fidel se lamentaba de que grandes revolucionarios como Ho Chi Minh o Mandela no pudieron estar ahí. *Estaban viejos ya, sin leche en las entrañas.*

Su vida era simple, cómoda y feliz. Entonces, como medalla a su dedicación marxista leninista, Juan Manuel González González se enamoró.

Ella fue campeona nacional de gimnasia artística. Su mañana la pasaba en el centro de entrenamiento de Prado, enseñando a las futuras glorias del deporte socialista cubano. Pequeña, siempre sonriente, dedicada en cuerpo y alma a la revolución, al deporte y al socialismo.

Se había graduado de Licenciada en Cultura Física, pero quería terminar Historia y Derecho. Los sábados iba voluntaria con la gente del Contingente Blas Roca y los domingos, al campo a realizar labores agrícolas.

Fue Vanguardia Nacional del Sindicato de Trabajadores del Deporte y, en una fiesta en el teatro Lázaro Peña, conoció al Vanguardia Nacional del Sindicato de trabajadores de la Ciencia, capitán Juan Manuel González González.

Dos meses después, cuando el Departamento de Seguridad del Estado emitió un informe favorable a la compañera, se casaron en una humilde ceremonia en el Museo de la Revolución, junto a la vitrina que conserva el yate Granma. Nunca hubo felicidad más revolucionaria ni pareja más comunista.

Al otro día, Fidel en persona los visitó, y conversaron de la naturaleza e importancia del trabajo de Juan Manuel, de la discreción necesaria, de que todo el futuro de la revolución estaba en las manos del ingeniero, y que ahora ella era parte también de esa tarea.

Pasaron los días, los meses, así tres años. En los pocos minutos libres que les dejaba la Revolución hacían el amor desesperadamente. Se amaban, de todas las formas posibles. Los domingos, cuando ella regresaba del campo, él la esperaba con una caldosa igualita a la de la fiesta de los CDR y con la Marcha del Pueblo Combatiente en el tocadiscos Akords. Se amaban sin parar, una, tres, cinco veces, hasta quedarse dormidos.

Que viva mi bandera, viva nuestra nación, viva la Revolución...

Pero no quedaba embarazada. Tres años y nada. Luego de pensarlo mucho fueron al médico, y Concepción Campa, miembro del Consejo de Estado y directora del Centro de Genética y Biotecnología del Polo Científico de La Habana, fue tajante: *Juan Manuel, eres estéril.*

Tantos años entre los sémenes más grandes de la historia, tanto tiempo dedicado a darle mimo a la simiente de grandes como el Che, Fidel y Raúl, y su propia leche era inservible, vacía, podrida. Decepcionado de sí mismo, Juan Manuel dejó de hablar, de comer, de sentir.

Revolucionario, integrado, confiable. Conocedor de los clásicos del marxismo, campesino que se superó a sí mismo, devoto de Fidel, capaz de dar hasta su última gota de sangre por la Revolución, y sin poder darle un hijo a la Patria.

El primero de enero tomó una decisión. Llegó al Banco de semen, y redactó un memorándum dirigido al Jefe:

> *Comandante en Jefe Fidel Castro Ruz*
> *Primer Secretario del Partido Comunista de Cuba*
> *Presidente de los Consejos de Estado y de Ministros.*
>
> *Compañero Fidel:*
>
> *Me dirijo a Usted con la humildad de un revolucionario convencido de que la única vía para preservar la Revolución es la educación de nuestros hijos en los valores sagrados de Martí y Usted mismo; convencido de que solo de nuestra verdadera estirpe de cubanos podrá nacer el hombre nuevo.*
>
> *En el Banco que dirijo se conserva la simiente del futuro de la Patria, el semen*

victorioso de los cubanos de alma pura y corazón bravío.

Me tomo la libertad, en virtud de que no puedo tener hijos, de ofrecerle a mi esposa como la primera cubana en concebir al hombre nuevo, proveniente de este Banco, un verdadero hijo de la Patria, fruto de la política de nuestra revolución para preservar su futuro.

Revolucionariamente,

Capitán Juan Manuel González González.

Dos días después Fidel fue a verlo. *No Juan, no es el momento, aún no podemos.* Aunque le ofrecieron semen de otros donantes, Juan se negó. Aunque le dieron la posibilidad de adoptar a un niño de Chernobil, Juan se negó. Aunque le insinuaron que algún otro Vanguardia Nacional podría dejar embarazada a su mujer, Juan se negó.

Fueron días duros. La negativa de Fidel se sintió como una traición. Juan Manuel no entendía el por qué de esa decisión. Precisamente a él, entregado, ciego, cabal. ¿Por qué?

Su esposa era revolucionaria, la que más. Más de 1000 horas de trabajo voluntario al año. Sus alumnas llegaron a ser, dos de ellas, campeonas provinciales, y una clasificó para el Equipo nacional. Vanguardia Nacional por 13 años consecutivos, militante del Partido, cederista, de las MTT, de la FMC. *¿Por qué su mujer no podía tener el hijo verdadero de la revolución socialista cubana?*

Juan Manuel pensaba en esto cada día, cada minuto. Su mujer lloraba sin parar acariciando su barriga vacía, su cuerpo inútil para darle frutos a la Patria.

Juan Manuel no pudo más.

Montó a su mujer en el Lada, fueron a la Plaza, se arrodillaron ante el monumento al Héroe Nacional José Martí y entraron en el "Hombre Nuevo".

En un tanque de 55 galones vertió todas las leches, todas. La última, la de Fidel, ese pomo gigante de tres litros que presidía todo. Casi medio tanque de leche. Toda la simiente revolucionaria mezclada, turbia, anhelante.

Ya desnuda, con agilidad de gimnasta, su mujer se paró de cabeza y abrió las piernas. Juan Manuel clavó un embudo en su vagina y vertió, despacio, el tanque de semen comunista en su mujer. La leche la cubrió completa, todo el cuerpo. Cuando retiró el embudo del sexo militante de la hembra, brotó más leche redentora y libertaria.

Nueve meses después nació su hijo. A Juan Manuel lo metieron preso, al niño le pusieron Elián.

Mikoyán

Esta es la historia de Mikoyán Alderete, el único deportista cubano medallista en unos juegos deportivos de invierno.

Mikoyán Alderete es hijo de un oficial del Departamento de Seguridad del Estado de Cuba y de Teresa Segarra, periodista y militar. En 1966, cuando nació el pequeño, su padre, fanatizado con sus implicaciones en la inteligencia y la contrainteligencia, decidió homenajear al enviado soviético y, sin dudarlo, le puso Mikoyán a su primer, y a la larga, único hijo.

Con el tiempo, Mikoyán se hizo técnico medio en Refrigeración y Climatización. Comenzó a trabajar en Planta Habana, donde al cabo de unos años, por méritos propios, por la seriedad en su trabajo, y como cuadro destacado de su Comité de Base, fue ascendido a jefe de la Planta de Frío. Ese mismo día le informaron que su doble militancia, en la Unión de Jóvenes Comunistas y en el Partido Comunista de Cuba, le había sido ratificada.

La Planta de Frío era un espacio rectangular de unos ochenta metros de largo por cuarenta de ancho, totalmente refrigerada a catorce grados bajo cero. Conservaba materias primas para la elaboración de jamones y embutidos que allí quedaban para ser distribuidos en el mercado minorista.

Mikoyán era fanático de los deportes, pero pasivo, de mirarlos y disfrutarlos, nunca de practicarlos. A sus catorce años ya medía la respetable altura de un metro y 99 centímetros, lo que movilizaba a todos los captadores de las EIDE que lo visitaban. Aunque practicó un poco de atletismo, de salto de altura y algo de bádminton, no descolló como deportista. Era alto y fuerte, pero sin motivación. Solo le interesaba el tiro. Le encantaba irse a cualquiera de los campos de tiro improvisados que pululaban por toda la ciudad y, por dos pesos, tirar con aquellas escopetas de pellets viejas los cien disparos a las planchuelas de metal que ejercían como blanco.

Los sábados, su padre lo llevaba al Campo de Tiro de Galiano, donde podía oler la pólvora y disparar con aquellos rifles calibre 22. Cuando cumplió 18, con un permiso especial de su jefe, el ya capitán Alderete lo llevó al campo de tiro de la Sociedad Dinamo Capitán San Luis y allí disparó con AK-M y Makarov. Esto fue definitorio. Su pasión por el tiro, bajo el lema de Fidel de que *todo cubano debe saber tirar y tirar bien*, influyó en que por primera vez resquebrajase la férrea disciplina familiar y le rogase a su padre que influyera para poder pertenecer al equipo de tiro de la Dinamo. El padre, sin apelar a la austeridad militar habitual, por una vez lo complació.

Mikoyán entonces tuvo que combinar el último año de su carrera con las prácticas de tiro, las reuniones de su Comité de base, las guardias del CDR y en todas superó las expectativas. De hecho, el primer año que participó en los Juegos Nacionales ocupó el quinto lugar en tiro con rifle, y el segundo, ya trabajando en Planta Habana, quedó subcampeón. En la Espartaquiadas de los Trabajadores de Cienfuegos se coronó campeón absoluto en rifle y pistola.

Cuba no clasificó para los Panamericanos ni para las Olimpiadas en tiro, así que el sueño de una medalla que ponerle en el cuello al Comandante en Jefe se esfumó. Además, Mikoyán, firme defensor del sacrificio socialista, a pesar de que se lo propusieron, nunca aceptó convertirse en un atleta de alto rendimiento. Se definía como un trabajador que hacía deporte.

En 1983, en un noticiero deportivo, escuchó la voz de Héctor Rodríguez detrás de un video de algo que lo dejó fascinado para siempre. En escasos 23 segundos se veía bajar esquiando a un alemán (democrático) y disparar al blanco con un rifle espectacularmente bello. Mikoyán recuerda el maillot blanco impoluto del atleta, la destreza y suavidad de su descenso por la nieve y el tiro perfecto. Ni siquiera esa vez escuchó que esa modalidad de los deportes de invierno se llama biatlón. Solo disfrutó y se vio a sí mismo en lugar de aquel alemán (democrático).

Decidido a romper esquemas, en silencio, como tienen que ser las cosas para lograrlas, en su Planta de Frío, a catorce grados bajo cero, con un par de ventiladores elaboró un sencillo dispositivo que emulaba la nieve, y cubrió el suelo de aquella nave con ese fino polvo de hielo. No le fue difícil ocultar aquello a los demás. La fábrica, envuelta en varios escándalos de robos y desvío de recursos, tomó una serie de medidas de seguridad. Él se propuso como único cuadro con acceso al lugar, y se comprometió a cargar y proveer de las materias primas necesarias a la cadena de producción él mismo, sin ayuda.

Con dos tablas largas, convenientemente alisadas y rebajadas, y unas cuerdas improvisó unos esquíes rudimentarios pero efectivos. Dos viejos floretes de esgrima que guardaba su padre le sirvieron de bastones, y todas las noches, todas, practicó hasta dominar a la perfección el arte de "esquiar"

27

utilizando como obstáculos perniles de cerdo y jamones gigantescos. Se inventó un circuito de unos dos kilómetros y medio, y lograba batir sus propios records día tras día. Todo esto sin dejar sus entrenamientos de tiro, hasta que un día se sintió listo.

Con el cuerpo formado para el esquí, sus habilidades de tirador, y convencido de la máxima de que *donde nace un comunista mueren las dificultades*, se presentó ante su entrenador, y le planteó que quería participar en las próximas Espartaquiadas Militares de Invierno en Checoslovaquia, en la modalidad de biatlón, que estaba entrenado y listo. Su entrenador no se inmutó, hasta que una carcajada se escuchó en toda la oficina.

Mikoyán no entendía nada. El entrenador desestimó completamente lo que dijo bajo un "tú estás loco", y el muchacho, sin rendirse, le planteó lo mismo a la directora de la Dinamo para recibir la misma respuesta, escuchando además, en un susurro, "este negro lo que quiere es viajar".

Pero no cejó, se plantó en frente de la oficina del coronel Arnaldo Tamayo Méndez, director de la Sociedad Patriótico Militar, hasta que lo pudo ver entrando en el edificio y se le acercó, le pidió que le concediera unos minutos, le explicó la idea. El coronel, quizás porque se vio a sí mismo volando en las alturas sin creérselo, accedió a ir con él a Planta Habana, lo vio deslizarse entre jamones y butifarras y, con la boca abierta, decidió apadrinar a Mikoyán Alderete y le prometió que participaría en las próximas Espartaquiadas.

Dicho y hecho. Al año siguiente, en diciembre, Mikoyán se subió a un Aeroflot gigantesco, solo, con un maletín azul y blanco con la palabra Cuba en rojo, y partió con su sueño rumbo a la nieve soviética. Allá lo esperaba un entrenador, hermano de Yuri Romanenko, el cosmonauta que acompañó a Tamayo, y otros compañeros del Partido, el Sindicato y demás organizaciones de masas.

Al ver la nieve, la nieve de verdad, Mikoyán lloraba.

Romanenko le proveyó de unos esquíes de verdad, de fibra de carbono, muy resistentes, alemanes (federales), además de varias mudas de ropa deportiva y calzado adecuado. El atleta parecía destinado para aquel deporte pues fue ponerse el atuendo y esquiar como si siempre hubiera vivido en la Siberia. Los compañeros soviéticos no daban crédito.

Durante seis semanas Mikoyán se entrenó diez horas diarias, con disciplina, sin perder un segundo. Y por las noches escuchaba Radio Habana Cuba, que era lo único que le llegaba de Cuba en un Radio Vef que su mamá, con su voz de Farvisión, se empeñó en que llevara consigo.

Mes y medio después, en un maillot rojo y blanco con la bandera cubana en el pecho, el deportista se vio bajando a toda velocidad por la nieve, disparando sin fallar a las cuatro estaciones de tiro que le esperaban, acumulando minutos y ganando ventaja a sus competidores atónitos. Nada que decir, ganó, estableciendo nuevo récord y de una manera jamás recordada ni emulada en competición de invierno alguna.

En el podio, cuando le dieron la medalla de oro y el típico ramo de rosas, la figura alta y negra destacaba sobre los cetrinos rostros rubios que sin sentimiento miraban al atleta llorar al compás de nuestro himno.

Se había convertido en una leyenda.

Al llegar a La Habana fue recibido con honores, el titular del *Granma* decía "Lo que parecía imposible"; *Juventud Rebelde*: "Un cubano derrite la nieve"; *Trabajadores*: "Un obrero conquista el oro". Al pie de la escalerilla lo esperaban el Gallego Fernández, Alberto Juantorena, Teófilo Stevenson y otras altas figuras del Estado y del Gobierno.

Por toda la avenida de Boyeros, y hasta la Ciudad Deportiva, el pueblo, en expresión de su júbilo, dio vivas a su ídolo, y Bobby Salamanca lo bautizó como el "Ébano de Nieve". En el Coliseo habanero, miles de personas aplaudieron al deportista y le confirieron el título de Vanguardia Nacional y la medalla Jesús Menéndez, impuesta por Pedro Ross Leal, secretario general de la Central de Trabajadores de Cuba.

Al terminar el acto fue trasladado unas calles más abajo, al Palacio de la Revolución, y allí, con honores nunca soñados por el humilde técnico de Refrigeración y Climatización, el Comandante en Jefe Fidel Castro le impuso la Orden al Mérito Deportivo, por su constancia y dedicación, y por "elevar las banderas del deporte cubano a cotas nunca vistas".

Listo para dar el salto a las Olimpiadas de Invierno, Mikoyán se vio frenado ante la burocracia y la rémora de los tiempos. Cuba no estaba afiliada a ninguna Federación de Deportes de Invierno, no competía en los circuitos clasificatorios y el "campo socialista" desaparecía a ritmo vertiginoso. Nada se podía hacer.

Un día triste –Mikoyán sufría porque los apagones cada vez más constantes impedían que se mantuviera la temperatura necesaria para su pista de patinaje, y tampoco se conservaban adecuadamente los embutidos y productos cárnicos– un hombre viejo, muy respetado en la fábrica, se le acercó y le dijo: "si quieres seguir con la patinadera esa lo que tienes que hacer es irte del país".

Una furia indomable se apoderó de Mikoyan, y en su desespero gritó: "Yo me muero en Cuba pingaaaaaa, yo noooo me voy de aquí". Los trabajadores de la planta vinieron corriendo y le decían: "Por favor, Mikoyán", y él: "Ni Mikoyán ni cojones, yo no me voy". Y en un ataque de histeria e impotencia, comenzó a golpearse contra las piernas de cerdo que colgaban, medio descongeladas, y soltaban sangre en la nave llena de agua por el hielo que se derretía sin solución.

Sentado en el medio de la Planta de Frío, rodeado por sus compañeros, mojado y con las manos sangrando, Mikoyán se dio por vencido y más nunca disparó, ni patinó. Avergonzado, jamás regresó a Planta Habana.

Pocos años después, supimos que Mikoyán Alderete, recuperado y pleno, fue también pionero en lo que dio por llamarse "trabajo por cuenta propia". Nada más abrirse la solicitud de licencias, el ex deportista presentó todos sus documentos, se instaló en la puerta de su casa, en esa amplia ventana de la calle Industria número 60 entre Colón y Refugios y, fiel a sí mismo, abrió el primero y más respetado de los negocios de granizado.

Carta a mi sobrino cubano

Me llamo Antonio Caballero Molina del Toro, paso de los ochenta años ya. Nací en Banes, la misma tierra de Batista, la misma, aunque lo haya negado toda su vida, de Fidel. Soy guajiro del campo, recio, de manos anchas y arrugas en mis ojos. Luché por mi país, por mi patria, cuando Patria se escribía con mayúsculas.

Me pusieron Antonio por Maceo, porque soy de una familia cubana, de mambises, de patriotas.

Tengo un hermano jimagua, Manuel Caballero Molina del Toro. A él le pusieron Manuel por Sanguily, porque somos de una familia cubana, de mambises, de patriotas.

Mi madre nunca salió del batey. Sus manos agrietadas conservan las huellas de toda la ropa que lavó, de las comidas que preparó, de los animales que cuidó y del amor inmenso que nos dio a sus dos hijos, mi hermano y yo, a mi padre, Generoso Caballero, hijo del Brigadier de la Guerra Grande Herminio Caballero, a su hermana, nuestra tía del alma, la que nos amamantó cuando a ella se le secó el pecho, y a todos los guajiros que pasaban a tomarse el café carretero que ella sabía hacer como ninguna.

34

Mi hermano y yo lo hicimos todo juntos. Compartimos todo, hasta la primera novia, como somos igualitos ella ni lo notó. Nuestro primer beso fue a la misma mujer y también lo que están pensando. Mi hermano es mi vida, siempre lo fue.

Crecimos correteando por esas montañas hasta que estalló la guerra, y nos unimos a la guerrilla. Había que tumbar a Batista. Creímos en las ideas, escuchamos y aprendimos, bebimos de las mismas fuentes y, sin embargo, fueron las ideas las que nos separaron.

No sé cuándo todo se rompió.

Lo dimos todo, la vida, el alma, el tiempo. Nos impusimos todo, las ideas, las luchas, los retos, las convicciones.

Lo creímos todo, los triunfos, el futuro, la historia que nos contaron.

Crecí amando a mi patria, creyendo en mi patria, pensando que lo que hacía era por el bien de mi patria. Escribimos Patria con mayúsculas en nuestro ADN, en nuestras cicatrices. Caminamos por el monte bajo la lluvia, subimos montañas, avanzamos en el llano.

Nos apoyaron amigos. Enemigos crecieron por todas partes. Desde el principio tuvimos una clara visión de quién era el enemigo. Los amigos cambiaron, según el año, la deriva o los conceptos.

Nuestras familias sufrieron, divididas, unos en esta orilla, los otros en la otra. Porque pensaban, y pensamos diferente, nos dejamos de hablar, nos insultamos, nos herimos, nos abandonamos. Dejamos que nuestras diferencias estuvieran siempre sobre nuestras similitudes. No supimos ser pueblo y construimos un muro de mar en el que yacen miles de nuestra propia raza.

Fuimos a marchas y escuchamos los discursos. Celebramos, muchas veces, las mismas fechas. Abandonamos a muchos en el camino y nos apropiamos del apóstol, para uso y disfrute de un propósito que nunca fue del todo nuestro. Obedecíamos al pulso que dictaba lo correcto.

Lo correcto siempre alguien lo decidió por nosotros.

Poco a poco rescatamos la familia, por la necesidad de comer dicen algunos, pero también por la necesidad de abrazarnos, de besar a nuestro hermano, de abrazar al viejo amigo. Obligados a la distancia, esa misma separación nos unió más. Unos lo disimularon, otros lo gritaron. Yo sigo siendo el mismo, con las mismas ideas, pero cada día de mi vida pienso en los segundos que le arrebaté a mi amor, a mi hermano, a mis primos, a mi tía, la que me amamantó cuando a su hermana, mi madre, no le alcanzó la leche en sus pechos.

Pido perdón por las ofensas, pido perdón por el ultraje. Pido perdón por haber seguido campañas e ideas, por haber dejado que mi amor se escondiera en un anhelo colectivo. Pido perdón por años y años de silencio, de cartas rotas y sueños negados. Pido perdón a mi familia por haber dejado que una idea fuera más poderosa que la sangre.

Sigo siendo el mismo, quiero que todo cambie, quiero una Cuba mejor, un cubano mejor, un país donde todos quepamos. Quiero que nadie nos humille, quiero que desaparezca el odio y la distancia. Quiero bienestar para todos.

Soy el mismo que luchó por mi tierra, que defendió sus ideas y sus sueños. Sigo siendo el mismo que creyó en un futuro diferente. Soy el mismo, mantengo mi compromiso con la vida y con la Patria, una vez más escrita con mayúsculas, aunque hace mucho dejé de creer en los cantos de sirena de las marchas y los discursos.

Estoy viejo, sesenta años en esta cantaleta. Se dice fácil, pero desde mis 20 ando dando tumbos de un lado para otro. Luché en la Sierra y el Escambray, di mis mejores años a la causa de la libertad de Cuba.

Defendí mis ideas, primero con las armas, luego con mi presencia en actos, marchas, eventos.

A mi hermano lo volví a ver después de cincuenta años. No dije nada, él también calló.

A mi sobrino lo conocí cuando tenía ya veinte años. Se parece a mí, y al abrazarlo lo único que pude hacer fue llorar por cada uno de los años en los que me negué su cariño. Al hijo de mi sobrino lo conocí a los seis meses, justo cuando pudo viajar. Esta vez lo tuve así, pequeño y frágil entre mis brazos y le dije que si algo quería que aprendiera de su tío es que nunca dejara que nadie, por una idea, lo separara de sus seres queridos.

Odié a los de la otra orilla, odié a los *enemigos*, sin saber o, lo que es peor, sin preguntarme si ellos me odiaban a mí. Odié, repudié y me separé de aquellos que pensaban diferente. Viví para la lucha, nadie puede reprocharme no haber estado del lado de mi Patria, del lado de la libertad.

A veces, en estos años, al mirarme en el espejo lo veía a él, o quizás a mí mismo en él. O quizás es que soy mi mismo hermano del otro lado, gritándome las mismas consignas y los mismos insultos. Sentí durante tanto tiempo asco de los diferentes que acabé teniendo asco de mí mismo. Somos el mismo cubano, tú y yo, mi hermano y yo, mirando nuestro reflejo.

Hoy que Cuba se descompone, que las ideas no le importan a nadie, confieso que tampoco me importan a mí. Sigo siendo el mismo, quiero una Cuba mejor y para todos, libre y feliz. Pero ya no creo en una idea. Dejé de creer para asumir que la verdad no está en lo que nos dicen. Está en lo que sentimos.

Sigo siendo el mismo guajiro de manos grandes que tomó un fusil en 1958 y subió a las lomas a luchar contra Batista, y lo haría otra vez. Pero aprendí que lo que nunca haría sería negar a los míos, dejarme en el odio.

Ni nosotros somos tan buenos, en esta orilla, ni ellos son tan malos en la otra.

La Habana, 20 de mayo de 2002.

Puño Duro

Ya me lo habían dicho. Esa gente vive lejos.

El viaje hasta Tampa fue delicioso. Despacio, parando un par de veces a estirar las piernas y comer algo. Estados Unidos es un país en las ciudades y otro en las carreteras. Por estas distancias inmensas y el propio proceso de conquista territorial, es un país diseñado para el viaje. Lo que te va a pasar, la historia que busques está en los viajes. En Estados Unidos viajar en avión es una pérdida de tiempo.

Al llegar a Tampa me sorprendió la frialdad de lo que sentí. Pensé, como cubano nostálgico y creyente, que la forja de la nacionalidad que se libró en esta ciudad en la lucha contra el colonialismo español me emocionaría. No pasó nada. No hay nada físico que provoque un erizamiento o una pequeña lágrima.

Es ridículo llegar al Liceo y pensar que estás sobre el escalón en el que Martí pronunció aquel *para Cuba que sufre, la primera palabra. De altar se ha de tomar a Cuba, para ofrendarle nuestra vida, y no de pedestal, para levantarnos sobre ella*, cuando lo que anuncia el edificio, a la sombra de la bandera cubana, es la Iglesia de la Cienciología.

40

Me dijeron en Miami que mucha gente se refugia en Tampa. Aquí viven batistianos, expresos políticos, ex directivos de organizaciones que lucharon por derrocar al gobierno de Fidel Castro, cubanos cansados de ser cubanos. Aquí también vive Roberto, un ex agente del Ministerio del Interior que me quiere contar su historia.

Te hablaré del Tintorero. Lo conocí muy bien. Yo no soy él, no te confundas. Te hablo solo porque estoy cansado de que piensen que soy yo, y que ando escondido por aquí. No digas dónde vivo, no digas mi nombre, ni el de mi mujer.

Roberto vive en Tampa. Se abre una puerta de madera con un pequeño espacio de cristales que imitan un vitral, creo que son flores, o cisnes. El salón es amplio, con muebles de cuero y paisajes en las paredes. Al fondo se ven unos portones de cristal que dan a una piscina, en un patio bastante grande.

A la izquierda, la cocina, también gigante, y a la derecha unas puertas de corredera que dan a un estudio bien amueblado. Un escritorio, dos sillas, un sofá, montones de revistas en inglés, una foto de Martí en el Liceo, otra de él mismo vestido de oficial del Ejército Rebelde, y una más con su mujer y sus hijos.

La esposa sonríe mientras pone una bandeja con tostadas con sardinas. Él se pide un whiskey con hielo, para mí, agua.

Graba pero no filmes. Tampoco tomes fotos. No quiero que un loco de Miami venga con una bomba y me dé una sorpresita.

Fui oficial del Ministerio del Interior, de lo que se conoce como el Departamento Técnico de Investigaciones, el DTI. Llegué a Capitán. Antes trabajé en Villa, en Villa Marista.

Cumplí 19 años en la Sierra Maestra, bajo las órdenes de Ramiro Valdés. Ramiro era duro para dar un grado, así que, aunque me convertí en parte de su escolta, fui soldado raso muchos años. Cuando triunfamos me quedé con él, y aprendí mucho.

Mientras unos se prepararon para formar la Seguridad del Estado, a mí me mandaron al Escambray, infiltrado, con los bandidos. Eso fue al principio, en 1960. Pero no creyeron en mí, así que bajé y le dije a Longino Pérez, que era el jefe del G-2 allí en Las Villas, que no, que yo no servía para espía. Puño Duro estaba conmigo en todo esto. Subimos juntos a la Sierra y nos mandaron a los dos para el Escambray.

Roberto tiene 76 años. El pelo es totalmente blanco, su piel está cubierta de lunares, algunos ulcerados. Viste una guayabera blanca, pantalón azul, zapatos marrones. El aire acondicionado de la casa está a tope, tengo mucho frío.

El Escambray fue duro. Longino nos enseñó a cazar bandidos. Era fácil. Ibas un día y revisabas las casas de los campesinos, contabas cuántas gallinas, puercos y chivos. También contabas los sacos de viandas, las matas de yuca, todo. Longino después nos preguntaba y en un cuaderno lo apuntaba todo. Regresábamos dos o tres días después y si faltaba algo, pues ese campesino colaboraba con los bandidos.

Longino no decía nada. Se iba saludando, con una sonrisa tranquilizadora. Nosotros nos quedábamos ahí, escondidos, esperando que aparecieran los bandidos. Siempre venían. Vivir en esas lomas es duro, y todos en esa zona eran familia.

Cuando llegaban, esperábamos a que entraran al rancho y como a la media hora atacábamos. La sorpresa era nuestra mejor aliada. Muchas veces los cogimos comiendo, o durmiendo, o retozando con su mujer, pero siempre los cogimos. Los amarrábamos a todos, bandidos, guajiros, niños, a todos. Longino llegaría por la mañana.

Roberto cuenta todo esto como quien ha pensado cada una de las palabras. La historia es demasiado coherente. A veces siento que lee, aunque no hay ningún papel, solo él, su whiskey, y esos panes con sardinas que nadie prueba.

Longino era de Trinidad, y ahí lo conocen todos y él conoce a todos. En Trinidad todo el mundo tiene algún familiar que luchó contra la revolución. Es un pueblo con mucho dolor, muchos muertos.

Una vez cogimos a un primo suyo, dormido junto a su esposa y su hijo. Longino llegó y le preguntó por qué le hacía esto a él, a su familia, sacó su pistola y le metió un tiro en la cabeza. Caminó hacia el niño, unos cinco años, no más, y lo llevó hasta su padre, esto es lo último que verás de él.

Lo más duro era bajar los cadáveres. Longino siempre ordenaba que se pusieran en el parque de Trinidad durante tres días, como escarmiento. Bajamos más de 40 muertos y los pusimos en el parque, luego buscábamos a la familia para que se los llevara. El cementerio de Trinidad está a la entrada, a la derecha, lleno de muertos de Longino.

El primero que mató de nosotros fue Puño Duro. Mientras Longino le preguntaba a un guajiro, la madre empezó a gritar, a pedir que no lo matara, a llorar de forma histérica. Longino ordenó que la callaran. Un tiro en la boca hizo el silencio más

44

absoluto que recuerdo. Hasta los animales se callaron. Fue como una confirmación, o bendición, no sé, ese silencio fue pacífico.

El primer muerto, una madre. Y así vino el segundo, el tercero, el cuarto. Creo que le gustó matar, porque no es fácil si lo piensas. Puño Duro tenía una 45 americana, plateada, que le regaló Ramiro. Le gustaba disparar a los dedos de la mano si el bandido no hablaba, y al final un tiro en la boca, porque si hablaba era un chivato poco hombre, y si no hablaba, un contrarrevolucionario. Hables o no, te llevarás un tiro en la boca.

Ramiro estaba orgulloso de nosotros, así que nos mandó a estudiar a la Unión Soviética. Tres años. Del 66 al 69. Recibimos muchas clases, aprendimos cómo sacar información, torturar sin dejar huellas, investigar. Aquellos rusos nos dijeron que la única forma de controlar al enemigo era creándolo nosotros mismos.

En esta casa hace demasiado frío. Me da pena decirlo, o pedirle que bajemos el aire. Él está cómodo, con su guayabera, yo voy con un pulóver de Miami, el más ligero posible. La esposa me pregunta si todo está bien, si quiero algo. Le pido un café, con la esperanza de que me caliente algo el cuerpo. Las tostadas siguen ahí, con las sardinas, nadie las toca.

Fui oficial de investigaciones políticas. No me ocupé de nada común, ni robos, ni asesinatos. Lo mío era la contrarrevolución.

Los setenta fueron muy duros. Aparecieron algunos opositores en colaboración con los Estados Unidos, intentos de atentados, algún que otro sabotaje, sabes, nada tan grande como dicen por ahí, pero había que estar vigilantes. Como éramos de confianza, despachábamos con Ramiro una vez al mes.

Puño Duro estaba a cargo de los interrogatorios. Un día se le fue la mano. Detuvimos a un señor por tener un cartel de Abajo Fidel. En el interrogatorio, el hombre afirmaba que nunca había tenido contactos con la CIA, y Puño Duro insistía en que hablara. Recordando sus tiempos en el Escambray, sacó la 45 plateada y le arrancó el dedo gordo de la mano derecha, y así el índice, el meñique. El viejo gritaba que no sabía nada, y cansado, le metí un tiro en la boca.

Ramiro llegó en quince minutos, le gritó que aquello no podía ser, que no se podía estar matando a gente, así como así. Que cojones, tenía que cambiar, que ahora había que inventar algo para decirle a la familia, repinga, gritaba. Luego se calmó y le dijo que tranquilo, que ya lo arreglaría.

Lo que pasaba en Villa Marista se quedaba en Villa Marista.

En Villa hay tres tipos de presos: los que atentan contra la revolución, los que planean algo contra la revolución, y los que sueñan con acabar con la revolución. Nunca tuvimos un solo preso que hubiera hecho algo contra la revolución porque nunca le dimos tiempo.

La técnica es simple. Se forma un grupo para atentar contra el Jefe. Lo detectamos, ya sea por la agentura en el exterior o por nuestros agentes en Cuba. Yo no era oficial de inteligencia, solo técnico de interrogatorio, pero conozco el procedimiento.

Intentamos infiltrar a alguien en ese grupo. Si no es posible, tomamos al miembro más débil, o a un familiar. Nunca falla torturar a un familiar, eso ablanda a cualquiera. Entonces nos lo traen a nosotros.

Se les deja en el calabozo un par de días. En esos dos días el recluso desayuna unas diez veces, almuerza siete, come otras tantas. Administramos su sueño, apagamos la luz a las dos horas. Si vemos que se duerme a los diez minutos lo despertamos con el desayuno y así, en dos días piensa que ha estado una semana. Está desesperado, y casi siempre no ha hecho nada, es la mujer de uno del grupo, un hijo, un marido.

Las mujeres casi nunca, ¿sabes?, aguantan demasiado.

Roberto se levanta y da un par de pasos en el estudio. Se sirve más whiskey, toma una de las tostadas y se queda con ella en las manos. No parece tener frío, a mí me tiemblan los labios.

Una técnica es siempre desesperar al prisionero. Lo llevas a la sala de interrogatorios y lo dejas ahí 20 minutos solo. Para nosotros son solo 20 minutos, él piensa que son horas. Otra técnica es preguntarle cosas triviales. ¿Cómo se llama tu mamá? ¿Ella sabe que tú estás aquí?

Puede ser madre, hijo, padre, esposa. Cualquier persona que el preso quiera. Le preguntas suavemente, haciéndole ver que tú estás en control, que tú puedes sacarlo de ahí si colabora, o que puedes encerrarlo para siempre y que esos seres queridos nunca van a saber dónde está.

Muchas veces solo quieres que colabore y se convierta en agente. Es lo mejor. Nosotros sabemos que la mayoría de los agentes lo son por miedo, porque no les queda más remedio. Esa mierda de que los agentes son todos comunistas escondidos y amantes de la revolución es mentira. La mayoría son pobres diablos chantajeados y muertos de miedo. Puño Duro sabía cómo tenerlos siempre apendejados.

En esos años la mayoría de las veces nos traían ciudadanos acusados de salida ilegal del país. Balseros se les llamó después. Se hizo una rutina; entrada en Villa, dos días en calabozo, agua y arroz como única comida, interrogatorio. Había que sacarles cómplices, nada más. Lo importante con aquella escoria era sacarle dónde consiguieron la balsa o el barco, quién los ayudó, esas cosas.

En el interrogatorio a veces se ponían las cosas feas. Los balseros fueron los que le pusieron Puño Duro. Se envolvía la mano con una toalla mojada y les pegaba en los pulmones, con toda su fuerza. Así, sin aire, les levantaba la cara y les volvía a preguntar. Aprendió a no dejar marcas, a provocar dolor sin cicatrices.

Luego se les enviaba al DTI, de ahí a prisión. Juicio y condena de 5 años. Se les consideraba presos políticos. Después eso cambió, como en el 80 y algo, pero hasta ese momento eran presos políticos, y nos gustaba que todo el mundo lo supiera.

Una de las cosas que más nos gustaba era joder a prisioneros viejos. Los traíamos desde su prisión. Si el preso era de La Habana lo metíamos en

Camagüey, si era de Oriente en Pinar del Río. Lo más lejos posible.

En la cárcel circula mucha información. El enemigo cree que nos puede engañar y los presos se relajan. Nosotros vigilamos todo, quiénes los visitan, las cartas, los mensajes. Y tenemos gente ahí, de los nuestros. Traerlos a Villa era demostrarles que seguíamos pendientes, que no se equivocaran.

Tuvimos algún prisionero interesante, un par de agentes de la CIA, unos extranjeros que quisieron introducir droga en el país, algún cubano que se infiltró desde los Estados Unidos, pero la mayoría balseros, pobres diablos que solo querían irse del país.

Y llegó el 80.

Roberto se sirve más alcohol. Su cara se pone roja. Se toma una pastilla con el mismo whiskey, traga aparatosamente. Antes coloca la tostada sin probar junto a las otras. Estoy cada vez más incómodo, no paro de moverme intentando entrar en calor. Lo disimulo, no quiero interrumpir el relato con mi frío.

Cuando lo de la embajada no dábamos abasto. Nosotros interrogábamos solo a los importantes, artistas, dirigentes. Dieron la orden de no torturar a ninguno, solo informarnos y sacarlos para Mariel.

Nos divertimos mucho, imagínate muchacho, el tipo llegaba a Villa y le preguntaba:

—¿Y tú por qué te quieres ir?

Ellos se sabían la respuesta perfecta, se había regado por toda La Habana, siempre la misma:

—Porque soy desafecto al proceso.

A los artistas siempre les sacaba un poquito más, era tan divertido:

—Pero ¿nada más?
—Bueno, yo leo autores prohibidos y tengo libros y discos que no se pueden oír.
—Pero ¿nada más?
—También soy invertido.
—¿Invertido?
—Sí, homosexual, usted sabe...
—¿Homosexual? No sé, ¿qué?
—Soy maricón.

Entonces, con solemnidad le decía el discursito que teníamos aprendido:

Los traidores nunca serán bienvenidos en nuestra Patria. Esta es una tierra de revolucionarios, de hombres honestos, de obreros y campesinos. Nuestros niños necesitan del ejemplo de los buenos cubanos, de los que darían su vida por la Revolución y nuestro Comandante en Jefe.

Algo así, con el tiempo lo olvidé.

Mariel significó un cambio en nuestra estrategia. No pudimos interrogar a plenitud. Algo había cambiado.

Quitaron a Ramiro de Ministro, y a nosotros nos mandaron para el DTI. Desde entonces solo nos tocaron mierdas. Ladrones, asesinos, violadores. A veces niños, cojones, niños. Nos pusieron a seguir a los frikis, niños de esos que escuchaban rock.

Se le cae el vaso de la mano. Por primera vez me doy cuenta de que tiembla ligeramente. ¿Será frío?

La piel es rosada, y los lunares parecen llagas, sudan. Su esposa viene con otro vaso, sirve más whiskey, recoge el vaso que la alfombra impidió que se rompiera. Me pregunta si quiero algo: más café, si puede ser. Las tostadas siguen ahí, con las sardinas, sin tocar.

Lo único bueno del DTI es que se podía torturar sin miedo. Como eran presos comunes a nadie le importaban, ni al gobierno cubano ni a los derechos humanos. Puño Duro, cojones, Puño Duro. Dar un gaznatón es fácil, lo jodido es cuando empiezas a tener artrosis, o Parkinson. Entonces tu piñazo es maricón, pareces un cherna lanzando un bofetón. Así no se puede.

Eso fue después. Nos pusieron a vigilar niños disfrazados en Coppelia. A mí, cojones, a mí. Toda la noche viendo muchachitos saltando como locos. Ninguno estaba contra la revolución, ninguna sabía nada, y uno ahí, tomando fotos, grabándolos mientras se besaban hombres con hombres, niñas con niñas. Me daba asco.

Así estuve hasta el 89, persiguiendo mierdas, sin poder pegarle a nadie por este singao Parkinson.

Roberto se levanta otra vez. Sale del estudio. Aprovecho y camino rápido para coger algo de calor, estoy temblando. Cada vez hace más frío. Detrás de su mesa hay un librero muy ordenado. En la balda de arriba las obras completas de Martí, la edición rosada, no la blanca nueva. Debajo hay muchos libros, novelas, poesía, cuento.

Descubro *La guerra tuvo seis nombres, El libro de los doce, La historia me absolverá, Las iniciales de la Tierra, El diario del Che en Bolivia...*

En el borde de cada balda, fotos, recuerdos. Su carné de la Seguridad del Estado, una foto junto a Fidel, una banderita pequeña del 26 de Julio. En las paredes hay fotos de sus hijos, de bodas, de cenas en familia. La alfombra bajo su silla está roída, tiene la marca de las ruedas, el dibujo apenas se intuye.

Hay una mesita más pequeña a la izquierda, con una computadora y muchos blocks de hojas amarillas, rayadas. Están llenos de apuntes. El primero tiene un grupo de páginas enrolladas hacia atrás, y en la que se deja ver dice:

Cita con el periodista de Miami, sábado después del almuerzo, no hablar de Longino, no hablar de Ramiro, no hablar de Villa Marista, no hablar de Teresa...

La mujer regresa, me pide que espere unos minutos más. Ve que tengo el teléfono en las manos y me mira suplicante, *por favor no tomes fotos. No lo hago, no lo haré. Le quedan apenas unos pocos meses de vida, y no es un hombre bueno, no lo ha sido nunca, es un asesino, pero a mí me ha querido, y a sus hijos.*

Nos tuvimos que ir de Miami porque un hombre sin dedos lo reconoció en un mercado. Estábamos ahí, acabados de llegar, y vemos un señor que se le acerca y le pone su mano derecha sin dedos en la cara y de la rabia no podía hablar. Por eso nos salvamos, al hombre le dio algo y no podía decir nada. Nos fuimos corriendo, y nos instalamos aquí.

Llegamos viejos, en el 94. Él tenía 54 años. Trabajó duro en un frigorífico y en cinco años nos compramos esta casa. Nadie viene a visitarnos, nunca regresamos a Cuba. Los hijos sí fueron, van, no sé. Nunca me dicen, a él no le hablan. Él les contó todo, ellos se fueron. A mí me llaman de vez en cuando, me dicen que me vaya, que lo deje, pero le queda poco tiempo, y conmigo siempre fue bueno.

Le pusieron un tratamiento de L-DOPA para el Parkinson que casi le quita los temblores. Tiene cáncer de piel y leucemia, no le queda mucho, quizás unos tres meses.

Aquí en Tampa se esconden los cubanos perseguidos por su pasado. Hay muchos, algunos como Roberto, otros como los que mi marido persiguió. Un cubano cuando huye de su pasado se queda solo.

Ella está sentada en el butacón, la escucho de pie, con la vista fija en las fotos de Roberto en uniforme verde olivo, Ramiro está a su lado, en su cinto se ve perfectamente una 45 plateada.

Roberto regresa, con su mano izquierda la ayuda a levantarse. Ella sirve más whiskey. Mira hacia las tostadas sin tocar, se da la vuelta y sale.

En el 89 todo se acabó. Aquello parecía otro país. Cuando detienen a Ochoa y a los demás escribí al Ministro y le ofrecí mi experiencia como interrogador. No recibí ninguna respuesta. Busqué varios amigos, incluso fui hasta Copextel a ver a Ramiro. No me recibió nadie. Pedí despacho con el jefe del DTI y me mandó con un subordinado.

Le expliqué que la revolución me necesitaba, que aquellos presos eran demasiado importantes para dejarlos en manos inexpertas, que me dejaran sacarles todo lo que sabían, el daño irreparable que le habían hecho a la revolución. No me dijo nada, me dejó ahí, sentado, y cuando se iba me dijo que elevaría mi solicitud.

Poco después me llamaron y un teniente, un teniente de mierda, me dijo que el ministro apreciaba mi disposición, pero que un equipo de expertos estaba a cargo de las investigaciones y ya estaban cerradas.

Dos semanas después nos traen a una prostituta, Teresa. Todavía en el 89 no decíamos jinetera, eso fue después. En el 89 ya había muchas putas buscando extranjeros en las calles, muchas, y Teresa llegó, casi sin ropa, con un carné de la juventud en su bolso.

Ordené que la bajaran a interrogatorios, y allí le pregunté por qué una joven comunista le daba el bollo a un extranjero, por qué traicionaba así a la Patria, por qué destruía la confianza que había puesto la revolución en la juventud, por qué ella era una puta de mierda al servicio del enemigo, por qué era ella un agente del enemigo...

Me fui empingando cada vez más. Perdí el control. Saqué la 45 plateada que me regaló Ramiro y le metí un tiro en la boca.

Era una puta de mierda, se llamaba Teresa y tenía la misma edad de mi hija.

Lo taparon todo, me pasaron a retiro, con 50 años, y lo taparon todo. Ramiro se ocupó personalmente. Me dio un Moskovich nuevo, me mantuvieron el salario completo, y me retiraron. Le dijeron a mi mujer que me había ganado el retiro por revolucionario, por mi larga lista de servicios a la Patria.

Ella ya sabía. Se lo conté todo una tarde en que mi hija, de la misma edad de Teresa, llegó llorando a casa porque su novio la dejó. La vi llorar y no pude más.

En el 94 mi mujer cambió el Moskovich por una balsa y dijo vámonos. Llegamos al mar, unos meses en Guantánamo y de ahí para acá. Directo para Tampa.

¿Nunca estuviste en Miami?

Nunca, siempre aquí, en Tampa, es más tranquilo y nadie me conoce.

Roberto se recompone. Arregla su guayabera, se levanta y camina hacia mí. Por primera vez veo sus manos de cerca, perfectas. A su edad tiene las manos cuidadas, finas. No se puede adivinar que son las de Puño Duro. Están cubiertas de lunares de un rosado ligeramente más oscuro que el de su piel, sus uñas son perfectas.

Huele como a pescado. Es un olor que en la mezcla con el frío espantoso del lugar se atenúa bastante. Pero huele mal.

Es de noche, me invita a cenar con ellos, pero me invento la excusa del tiempo, tengo que regresar a Miami, son cuatro horas de viaje. Roberto asiente despacio, sus manos ahora tiemblan más, el vaso vuelve a caer. *¿No tienes calor?*, me pregunta mientras caminamos hacia la puerta.

Me doy la vuelta y lo último que veo son las tostadas con sardinas, sin tocar.

Agua

Él tenía mucho miedo. Siempre.

Bajaba las escaleras con temor a un resbalón, limpiaba cuidadosamente la tapa de la taza cuando iba al baño, comprobaba que nadie le seguía a cada paso. El miedo es así, te controla, se somete.

Su calle combinaba viejos edificios con solares abandonados. Vista desde arriba era una dentadura cariada y mal cuidada, dos edificios, un derrumbe, otros tres, dos derrumbes. Así, como La Habana toda.

Él vivía en el 60, en el tercer piso. Para llegar tenía que subir por una recia escalera de mármol, luego una más estrecha y en balance y, por último, una aún más angosta y con muy pocos escalones. En algunos descansos había que saltar, así de rota estaba su escalera.

Era difícil, siempre faltaba el agua. Subir los cubos a mano era muy duro, más aún con tantos escalones que faltaban. Se acostumbró a bañarse poco, y apenas tomaba agua.

Una tarde de 1972 escuchó por primera vez *Stairway to Heaven*, y su vida cambió. El rock le carcomía el alma, le hacía temblar y llorar. Ahora, ya mayor, escucha esa canción tres veces al día,

59

religiosamente, y siempre con miedo. "El rock en ese país es motivo suficiente para que te vengan a buscar y te caigan a palos".

Era un muchacho torpe. Destacaba su cabeza, demasiado grande. En el barrio bromeaban con eso, su madre murió al nacer él y muchos decían que la había reventado por cabezón. Su padre se fue en el ochenta, dejándolo solo, en ese cuarto del tercer piso con balcón, el único balcón desde el que se veía una pequeña cuña de mar.

Le gustaba estar en su casita casi desnudo. El calor lo agobiaba y una rara alergia lo atacaba. Así, sin ropas, tampoco tenía la necesidad de tomar agua, y la poca que tenía quedaba en la nevera. Si tenía mucha sed, acercaba los labios al vidrio, y así se conformaba.

Además del rock tenía otra pasión. Coleccionaba fotos de Haydée Santamaría, tenía miles, muchas repetidas. Buscaba en archivos y bibliotecas, en cuanta revista caía en sus manos. Corría a la Casa de las Américas cada vez que le hacían una exposición u homenaje a su diosa. Deambulaba por los pasillos extasiado ante las fotos, estaba enamorado.

Una tarde, cuando aún no tenía miedo, Carmela, la presidenta del comité, entró al cuarto con balcón y vio el reguero de fotos en la cama, y a él medio desnudo. Sin entender, ciega de fervor revolucionario, le empezó a gritar, llamándolo cochino, gusano, asqueroso. No entendía, de verdad que no entendía tanta saña, ni por qué.

Carmela se ocupó de decirle a todo el mundo que se masturbaba con las fotos de la heroína del Moncada, que además vestía raro, vivía solo y le gustaba la música del enemigo. Al otro día, la oficial del DTI Ana Lasalle entró sin preguntar en el cuarto con balcón, y lo detuvo.

Bajó las escaleras esposado, queriendo lanzarse en cada descanso sin baldosa, pero los guardias lo impidieron. Llegaron al edificio de la calle Empedrado esquina a Monserrate. Entraron por el portal barroco y desde ahí ya solo recuerda la celda estrecha con una luz permanente donde estuvo.

Dejó de tener noción del tiempo. Para no volverse loco repasaba la letra de su canción:

Your head is humming and it won't go, in case you don't know,
The piper's calling you to join him,
Dear lady, can you hear the wind blow, and did you know
Your stairway lies on the whispering wind.

Varias veces, mientras estuvo, lo sacaron de la celda y lo llevaron a una especie de habitación inmensa. Entraba y había una mesa de metal atornillada al suelo, lo sentaban y volvían a esposar. De repente se encendían unas luces que apuntaban directamente a sus ojos, y alguien a quien no podía ver le preguntaba: ¿Por qué te burlas de nuestros héroes? ¿Trabajas para la CIA? ¿Por qué eres rockero? ¿Fumas marihuana?

Nunca respondió, siempre susurraba lo mismo; *and she's buying a stairway to heaven,* una y otra vez hasta que de un piñazo lo dejaban sin sentido.

Le daban de comer, a veces buena comida, la más de las veces una mierda. El primer día, cree, le dieron una bandeja con arroz, carne con papas, frijoles y ensalada. No le dieron agua. Muy poco tiempo después, otra bandeja con pescado, arroz amarillo y sopa de mariscos. No le dieron agua. Al rato, otra bandeja de espaguetis, pizza, ensalada y natilla. No le dieron agua.

Pasaron muchas horas, el bombillo constantemente encendido no lo dejaba dormir, la sed lo mortificaba y sudaba, sudaba demasiado. Pasó algo así como un día entero. Le trajeron un poco de leche, un pedazo de pan, un gran vaso de agua. Desesperado, se lanzó hacia el vaso de cartón, pero al levantarlo toda el agua se derramó. El fondo estaba suelto. Con su lengua recorrió las baldosas del cuartel. Total, lo hacía siempre.

Solo cuando lo soltaron, después de repetir lo mismo una y otra vez, supo que estuvo allí encerrado doce días. Salió con una citación a juicio, por conducta impropia, ultraje a los mártires o algo así. Solo sabía que tenía que ir a un juicio en mes y algo, y que le pedían 10 años.

Supo en ese mismo momento, caminando hacia su casa, la única con un balcón desde el que se veía un pedazo de mar, que tenía dos opciones, matarse o irse, y que le quedaba apenas un mes. Como un enfermo terminal empezó a recogerlo todo. Las fotos de Haydée, cuando las vio, le dieron la fuerza necesaria: "tú misma te mataste, seguro por no poderte ir".

Entre las pocas cosas que le dejó su padre estaba un cofre con algunas joyas de su madre. Una cadena de oro con un dije del número 13. Ella había nacido un 13 de marzo, hija de un patrón de remolcador de la Bahía. Un anillo de graduada, y algunas baratijas de oro. Se fue a ver a Pilongo, el marido de Carmela, la del CDR, la misma que llamó a la Policía, y se las vendió por 400 dólares.

Con el dinero, fue a casa de Marcos, otro comunista de la cuadra, el que más gritaba, el que más chivateaba, pero también el más negociante, el maceta del barrio. "Te doy cincuenta fulas si me dices quién se va del país, y si me engañas le digo a la policía todo lo que sé".

63

Marcos le fue para arriba y le dio un piñazo que a cualquiera hubiera desmayado. "Me pegaron tanto cuanto estuve preso que no me duele nada", le dijo mirándole a los ojos.

No sé sabe por qué, pero Marcos le buscó un balsero, no le aceptó los cincuenta dólares y le prohibió a nadie que le cobrara.

Todo lo hizo con miedo, con mucho miedo.

Una noche salieron para Matanzas. Llegando a Puerto Escondido se bajaron, arrastraron unas cajas con agua y comida y en una rústica balsa de gomas y madera salieron rumbo norte justo después de un ciclón.

Durante los ocho días que estuvieron en el mar no probó agua, remó el que más, y mientras todos sufrían y lloraban, él siguió, remando y sin probar nada, sin sentirlo.

Llegaron a Cayo Hueso una mañana. Todos desfallecidos y quemados, menos él. Habló con el guardacostas, le explicó que llevaban ocho días en la mar, que el agua se acabó el quinto día, que todos estaban muy mal. El oficial americano, sin entender, le preguntó: "¿y usted, por qué está tan bien?"

"Me torturaron doce días, aún resisto tres", y cayó desmayado ante la bandera americana.

Ya no tiene miedo. Despierta con su canción y desayuna, siempre lo mismo, café con leche y dos plátanos. A medio día almuerza en cualquier sitio, escucha otra vez el tema de rock, con sus tres movimientos, iguales a su vida.

Por las noches, antes de dormir lo escucha otra vez, y entonces se da el único placer que se permite: toma un litro de agua de golpe, sin pausa, y mira por su balcón que esta vez sí le regala el mar completo, todo para él.

Viento

El viento, en la playa, esa sensación. Caminaba sola. Las rocas conocían su paso, y su casa dejaba de ser una prisión cuando sentía ese olor tan suyo, salado y viajero.

Vivir en silencio, sentada en el suelo frío de su habitación. *Un incienso y un disco de los Doors*, mal grabado en un casete, machacado una y otra vez, *calmaban su dolor*. A veces la rabia era tan grande que golpeaba su cabeza contra la puerta, una y otra vez, hasta que la sangre la cegaba. Entonces solo el viento la calmaba, el viento del mar.

Los días en los que no soplaba la brisa se asomaba a la cornisa del balcón e imaginaba que volaba, *como un ángel*, sin destino y sin esfuerzo. Esos días le dolía la vida. El viento era lo más cerca que nunca estuvo de la libertad.

Su madre era una maestra, de las de antes. En La Sierrita, ese pueblo perdido en las montañas del centro de la isla, la fascinó aquel barbudo sonriente. Llegó con el Che, un mito para todos. Se enamoró al momento y sin dudarlo se fue con él.

Un par de meses después regresaron a las lomas. Allá arriba un grupo de desalmados se alzaron contra la Revolución. A él lo nombraron jefe de la

66

lucha contra bandidos, porque así les decían, "bandidos", aunque solo lucharan por la libertad en que creían.

Él se hizo fuerte. Subía a las montañas y perseguía como sabueso a todo bandido contrarrevolucionario. Interrogaba a sus amigos, a las familias. Se fijaba en las huertas, y si notaba que faltaba algo de papas, o algún animal, detenía al propietario y a golpes le sacaba el paradero de su hijo, de su hermano, o de su nieto. Lo aprendió de Longino, el jefe de la seguridad en Las Villas.

Aprendió a torturar, a golpe limpio, revolucionariamente.

Durante esos meses en el Escambray, cada vez que tomaba a alguien prisionero, casi siempre un vecino de la zona, lo llevaba hasta su casa y lo mataba frente a su familia. Luego, durante una semana, dejaba que los cuerpos se pudrieran en el Parque de Trinidad. Esto también lo aprendió de Longino.

Veintitrés muertos podridos ante sus madres, hermanos, hijos, abuelos. Así, porque sí, revolucionariamente.

Todas esas madres, padres, hermanos, abuelos, hijos y nietos de algún muerto podrido frente a todos, prometieron matarle, y más de una vez lo

67

intentaron. Lo mandaron a La Habana, para salvarlo, y lo nombraron Jefe de interrogatorios del Departamento Técnico de Investigaciones.

Ocasionalmente ayudaba también en Villa Marista, y desarrolló varias técnicas propias. Su preferida, sin dudas, era golpear y golpear, pero también disfrutaba dejando sin agua a los prisioneros, atándolos de los tobillos, y colgarlos durante días, o llenarle sus partes con hormigas bravas.

Le dieron una casa inmensa, con un balcón gigante, en un piso 20, frente al mar, en un edificio con balcones que parecían ataúdes. Allí llegaba con los nudillos rojos, pero feliz. En el barrio se comentaba que en el DTI, donde trabajaba, lo conocían como "puño duro". Algunos contaban que disfrutaba golpeando a los presos, esposados a una silla de metal, y que cuando le dolían las manos de tantos piñazos, con un pedazo de hierro envuelto en una toalla mojada, destrozaba la espalda de aquellos que pensaban diferente.

El día que no podía torturar a un detenido, regresaba huraño y triste, en silencio, y descargaba su furia en su mujer, a puro bofetón, apretando su cuello y escupiéndole en la cara. Cuando se calmaba, a ella, su única hija, de pequeña, la sentaba entre sus piernas mientras descansaba en el sillón.

Una tarde, su mujer trabajando, él de descanso, cargó a la pequeña y al ponerla sobre sus piernas algo cambió.

Nunca se preguntó cómo, pero esa tarde la sentó sobre sí mismo, destrozándola por dentro y por fuera, golpeándola una y otra vez y así cada día, dos, tres, cuatro veces, las mismas que no podía con su mujer, con la intensidad que nunca tuvo, así.

Lo hacía mirando fijamente los retratos de Marx, Engels y Lenin que decoraban sus paredes. Él, un comunista, cederista, nacido en el seno de una familia humilde, integrado, militante, revolucionario, con su hija entre sus piernas, una niña que lo único que amaba era la brisa.

Cuando ella no pudo más, años después, él se bestializó. Le rompió dos dientes de un puñetazo, pero su mujer se llevó la peor parte. Al intentar protegerla, la empujó con tal fuerza que se golpeó contra un busto de Martí y quedó paralítica para siempre, sin apenas poder hablar.

Desde ese día, la violaba cada día ante los ojos perdidos de su esposa. Sentada en su silla de ruedas lloraba mientras su marido policía obligaba a su niña a sentarse entre sus piernas, una y otra vez. Ella solo pensaba en el viento acariciándole la cara.

A veces se negaba, entonces él la privaba del viento y la encerraba en la habitación. Allí, detrás de un retrato del Che, escondía una virgen, no sabía cuál, pero una virgen protectora, con cara de madre buena. Ante ella se arrodillaba, sin llorar.

Aguantó a su padre algunas veces más hasta que un día escapó. *De nada sirvió que avisaran a la policía, la buscaron*, incluso él, uno de ellos, pero jamás apareció. En el barrio llegaron a decir que se había ido en balsa. Alguno incluso fue más lejos y comentó que la había visto, allá en Miami.

Fue en busca del viento, la única libertad que conoce, lo único que la hace sentir viva.

Poco después, en el barrio, encontraron al policía muerto. En la boca le habían metido su propio pene y sus testículos. Clavado en el pecho el retrato del Che. Siempre se supo quién lo hizo, nadie jamás lo dijo.

La última vez que la vi, el viento le golpeaba la cara y ella sonreía, feliz.

Ernesto

La primera vez que lo vi, cuando lo conocí *en casa de María Antonia*, algo cambió dentro de mí.

Lo escuchaba, con su pasión, mientras movía las manos hablando de revoluciones y patrias. Se pegaba mucho a mí cuando decía que si triunfábamos seguiría por toda nuestra América en una continua batalla hasta la victoria siempre.

En México me cambió la vida. Dormíamos en la misma habitación y verlo levantarse sin camisa, con ese torso blanco y apenas unos pelillos en el pecho, me provocaba emociones desconocidas. No entendía, no supe saberlo. Pero lo intuía, así se lo dije a mis padres en una carta: *Fidel me impresionó como un hombre.*

Luego partimos. En el mar intentaba estar lo más cerca posible de él, escucharlo, rozarlo sin que se diera cuenta. Me nombró médico de la expedición y yo solo quería un segundo de su tiempo para examinarlo, para estar con mis manos hurgando en su grandeza. Decidí hacerme su sombra, serle imprescindible.

La sierra fue dura, tuve que aprender a ser implacable, como a él le gustaba. Mi primera recompensa fue ser nombrado comandante, el primer comandante, antes que su hermano, o del negro que cantaba, antes que todos. Tuve que ser duro, matar y matar, curar a otros, sacar muelas, hacerme el modesto, el que nada quería.

Aprendí a exagerar mi asma, me leí los libros que él dejaba, me hice amigo de Celia, de Camilo, de todo aquel al que el jefe respetaba. Me convertí en el mejor amigo de su hermano, uña y carne, incluso nos bañamos juntos más de una vez, pero no, no era lo mismo.

Si descubría un traidor, era el primero en condenarlo a la muerte más solitaria, atado a un poste y con los ojos vendados. Mi leyenda decía que era implacable, pero justo.

Aunque mis ganas iban cada vez más cerca de su barba hermosa, a toda guajira que encontraba dispuesta me la templaba. Luego, en la comandancia, alardeaba como cubano de sus tetas, de su culo, de cómo gritaban "viva la revolución" mientras se la metía. Él disfrutaba, le gustaban los hombres, solo que no como a mí.

Triunfamos. En la vieja fortaleza apenas lo veía. Se me agrió el alma, empecé a condenar a muerte a todo aquel que detenían. Disfrutaba el olor a pólvora y las cicatrices que las balas dejaban en las murallas ancianas. Me hicieron cubano.

Siempre lamenté mi torpeza, mis miedos. Mi falta fue no haber confiado esto que siento a ti, desde los primeros momentos, y no haber comprendido con suficiente celeridad tus cualidades como hombre. Me lamento cada día.

Solo Celia se dio cuenta, y me lo dijo. Y mi amor me obligaba a abandonarlo. Solo ella, que lo amaba casi tanto como yo, pudo entenderme. Y lloramos juntos, en un apartamento donde el jefe, en uno de sus delirios, hizo subir una vaca a la azotea.

Me fui. En el Congo, esto no lo sabe nadie, lloré cada día, y en cada segundo busqué la muerte. No se me concedió. Algo en mí pensaba que era porque mi destino estaría junto a él, haciendo la revolución juntos, amando lo mismo. No fue así.

Regresé y verlo me rompió la vida. No soportaba a Celia sentada en sus piernas, a Dalia riendo y haciendo de mujer y madre. Los celos me mataban, no pude más.

Me fui a Bolivia, sabiendo que la muerte me esperaba. Y se lo dije, me voy, y esta vez es para siempre. Él lo supo. Al menos quiero pensar eso. Yo al final no tuve miedo y se lo dije, públicamente: *Si me llega la hora definitiva bajo otros cielos, mi último pensamiento será para nuestro pueblo y especialmente para ti. Las palabras no pueden expresar lo que yo quisiera.*

73

Yo se lo dije, y así fue. Morí como mueren los hombres, sin miedo, amando. Y mi último pensamiento, miren las fotos, esa sonrisa que dibuja mi muerte, es para él.

Maceo

Es de apellido Maceo, y nació en el seno de una familia humilde. Sus padres, Mariano y Mariana, le pusieron Maceo como nombre, por el otro Maceo, el de los testículos grandes.

Maceo Maceo fue un niño feliz. Lloraba los 7 de diciembre, porque lloraba Mariano, porque lloraba Mariana. En la humilde casa de la Carretera del Morro en Santiago, el otro Maceo era Dios.

Un día Maceo llegó llorando a casa porque desaprobó Educación Física, y Mariana, con voz grave le dijo *empínate, es hora de que hagas algo por esta revolución*, y Maceo Maceo lloró, como lloran los hombres de honor, y ese día decidió aprobarlo todo y ser el mejor, el más viril, el más Maceo de todos los Maceo.

Y Maceo creció. En 1992, con sus 17 años, se dio cuenta, ante el cuerpo, digamos no tan escultural, de José, que su virilidad se escapaba despacio entre las caricias y arañazos de hombre que disfrutaba en el cine Cuba, o en el Martí.

José lo llevó a conocer a otros muchachos como él. Máximo y Calixto, algo mayores que ellos, organizaban almuerzos para hablarles de Lezama, de las locas de La Habana, del sexo aburrido de nuestros padres. Sentía que su mundo se agrandaba y que Santiago era cada vez más pequeño.

En el 94, Maceo Maceo escuchó que en La Habana la gente inventaba balsas y se aventuraba a un mar que olía a libertad. En los ochenta, por ser patriota y maricón te subían a un yate y llegabas a la yuma. En los noventa, sin tener que decir quién o cómo eres, el barco te lo hacías tú.

Maceo y José, junto a Máximo y Calixto, construyeron un barco. Los muy cabrones le pusieron "Abuelita" y desde la playa de Las Coloradas salieron rumbo norte. Si se empinaban aún se veían las luces de la patria grande, y al frente, la incertidumbre de la esperanza.

José

José nació en enero, enfermizo, inadaptado. Siete hermanas lo acompañaron, moribundas desde niñas, cansadas todas, menos Amelia, a quien José quería.

Nació en el barrio de Jesús María, por eso le pusieron José. De niño le gustaba subir por Paula y llegarse a la bodega de Raúl, donde su padre, el recio Mariano, sargento del Castillo de la Punta, dejaba que el escuálido niño pidiera un refresco de guayaba y una raspadura.

A Leonor, su madre, el tiempo no le daba. Cuidaba de las enfermizas hijas que Dios le trajo, del díscolo de su hijo y de la terrible Amelia. Leonor era una santa. Cada noche esperaba a su marido, y sin gemir, le daba todo. Luego, él la roncaba.

José admiraba el cuerpo de su hermana. Nada que ver con la delgadez extrema de Petrona, la tuberculosis perenne de Matilde, o las diarreas constantes de las otras. Amelia era distinta, altiva, morena, de ojos profundos. Dicen las malas lenguas que era hija de Matías, el toldero, concebida en uno de esos viajes que diera Mariano a las Honduras Británicas.

Amelia fue la única querida. Desde niña jugaba con cuerpos iguales, gozaba de sí misma, querida por todos y todas, tocada por todos y todas, húmeda de todos y todas. Amelia era alta, no como él, corto y chato. Su piel relucía al sol de la mañana, dorada, no como la de José, blanca y lechosa, amarillenta en invierno. Sus ojos verdosos, con la herencia mora de una gitana mezclada con negro. Amelia era sexo y aventura, incluso para él.

Cuando se mudaron a la calle Refugio, en pleno barrio de Colón, José dedicaba sus tardes a disfrutar con Amelia de un paseo que incluía el solar de la Marinera, una cuartería cerca de Crespo llena de mujeres desnudas que acariciaban al pequeño con lascivia aprobatoria de su hermana. Amelia se encerraba con ellas, en juegos de a tres, cuatro y hasta cinco a la vez, mientras José esperaba tembloroso y sudado, sentado en la banqueta con un vaso de agua entre las manos.

Amelia olía amargo y ácido.

José vivió poco en esa tierra. Expulsado por hechos e ideas, llegó a cuerpos diferentes con las mismas ganas. En Madrid, en Malasaña, buscó a Amelia en todo cuerpo que pudo, viejas gordas de a peseta, malabaristas rumanas, gitanas adivinas. En América, casi lo encuentra en Guatemala, en México, en Nueva York, pero Amelia se le escapaba de las manos, y en cada mujer su frustración se hundía en sexo sin orgasmos, intensas erecciones sin final.

Agotado de buscarse en mil mujeres, José, amante de la buena mesa y el buen vino, amargado por el pan nuestro de sus desilusiones, se hizo grande conspirando, buscando la muerte en cada esquina, sin encontrar ni el sexo apetecible de su hermana, ni la muerte redentora en nombre de su pueblo.

Hasta que un día la descubre. Se llama Carmen y está casada con Manuel, el paralítico. Se llama Carmen, pero es Amelia, los mismos ojos furiosos, el mismo fuego, quizás fuera también hija de Matías, el toldero, que un buen día se fue y nunca regresó.

Con el marido en cama y escuchando, José y Carmen se dejan el uno en el otro cada hora, cada minuto. Por fin José termina, acaba, revienta, y poco después nace María, la cara de Amelia en los ojos de José. Nuestro vino es una mierda, le dijo al viejo inválido, pero es nuestro vino, y se fue por fin, lejos del mundo, a morir de cara al sol y sonriendo.

Carta a mi sobrino norteamericano

Me llamo Manuel Caballero Molina del Toro, paso de los ochenta años ya. Nací en Banes, la misma tierra de Batista, la misma, aunque lo haya negado toda su vida, de Fidel. Soy guajiro del campo, recio, de manos anchas y arrugas en mis ojos. Luché por mi país, por mi patria, cuando Patria se escribía con mayúsculas.

Me pusieron Manuel por Sanguily, porque soy de una familia cubana, de mambises, de patriotas.

Tengo un hermano jimagua, Antonio Caballero Molina del Toro. A él le pusieron Antonio por Maceo, porque somos de una familia cubana, de mambises, de patriotas.

Mi madre nunca salió del batey. Sus manos agrietadas conservan las huellas de toda la ropa que lavó, de las comidas que preparó, de los animales que cuidó y del amor inmenso que nos dio a sus dos hijos, mi hermano y yo, a mi padre, Generoso Caballero, hijo del Brigadier de la Guerra Grande Herminio Caballero, a su hermana, nuestra tía del alma, la que nos amamantó cuando a ella se le secó el pecho, y a todos los guajiros que pasaban a tomarse el café carretero que ella sabía hacer como ninguna.

Mi hermano y yo lo hicimos todo juntos. Compartimos todo, hasta la primera novia, como somos igualitos ella ni lo notó. Nuestro primer beso fue a la misma mujer y también lo que están pensando. Mi hermano es mi vida, siempre lo fue.

Crecimos correteando por esas montañas hasta que estalló la guerra, y nos unimos a la guerrilla. Había que tumbar a Batista. Creímos en las ideas, escuchamos y aprendimos, bebimos de las mismas fuentes y, sin embargo, fueron las ideas las que nos separaron.

No sé cuándo todo se rompió.

Lo dimos todo, la vida, el alma, el tiempo. Nos impusimos todo, las ideas, las luchas, los retos, las convicciones.

Lo creímos todo, los triunfos, el futuro, la historia que nos contaron.

Crecí amando a mi patria, creyendo en mi patria, pensando que lo que hacía era por el bien de mi patria. Escribimos Patria con mayúsculas en nuestro ADN, en nuestras cicatrices. Caminamos por el monte bajo la lluvia, subimos montañas, avanzamos en el llano.

Nos apoyaron amigos. Enemigos crecieron por todas partes. Desde el principio tuvimos una clara visión de quién era el enemigo. Los amigos cambiaron, según el año, la deriva o los conceptos.

Nuestras familias sufrieron, divididas, unos en esta orilla, los otros en la otra. Porque pensaban, y pensamos diferente, nos dejamos de hablar, nos insultamos, nos herimos, nos abandonamos. Dejamos que nuestras diferencias estuvieran siempre sobre nuestras similitudes. No supimos ser pueblo y construimos un muro de mar en el que yacen miles de nuestra propia raza.

Fuimos a marchas y escuchamos los discursos. Celebramos, muchas veces, las mismas fechas. Abandonamos a muchos en el camino y nos apropiamos del apóstol, para uso y disfrute de un propósito que nunca fue del todo nuestro. Obedecíamos al pulso que dictaba lo correcto.

Lo correcto siempre alguien lo decidió por nosotros.

Poco a poco rescatamos la familia, por la necesidad de comer dicen algunos, pero también por la necesidad de abrazarnos, de besar a nuestro hermano, de abrazar al viejo amigo. Obligados a la distancia, esa misma separación nos unió más. Unos lo disimularon, otros lo gritaron. Yo sigo siendo el mismo, con las mismas ideas, pero cada día de mi vida pienso en los segundos que le arrebaté a mi amor, a mi hermano, a mis primos, a mi tía, la que me amamantó cuando a su hermana, mi madre, no le alcanzó la leche en sus pechos.

Pido perdón por las ofensas, pido perdón por el ultraje. Pido perdón por haber seguido campañas e ideas, por haber dejado que mi amor se escondiera en un anhelo colectivo. Pido perdón por años y años de silencio, de cartas rotas y sueños negados. Pido perdón a mi familia por haber dejado que una idea fuera más poderosa que la sangre.

Sigo siendo el mismo, quiero que todo cambie, quiero una Cuba mejor, un cubano mejor, un país donde todos quepamos. Quiero que nadie nos humille, quiero que desaparezca el odio y la distancia. Quiero bienestar para todos.

Soy el mismo que luchó por mi tierra, que defendió sus ideas y sus sueños. Sigo siendo el mismo que creyó en un futuro diferente. Soy el mismo, mantengo mi compromiso con la vida y con la Patria, una vez más escrita con mayúsculas, aunque hace mucho dejé de creer en los cantos de sirena de las marchas y los discursos.

Estoy viejo, sesenta años en esta cantaleta. Se dice fácil, pero desde mis 20 ando dando tumbos de un lado para otro. Luché en la Sierra y el Escambray, di mis mejores años a la causa de la libertad de Cuba.

Defendí mis ideas, primero con las armas, luego con mi presencia en actos, marchas, eventos.

A mi hermano lo volví a ver después de cincuenta años. No dije nada, él también calló.

A mi sobrino lo conocí cuando tenía ya veinte años. Se parece a mí, y al abrazarlo lo único que pude hacer fue llorar por cada uno de los años en los que me negué su cariño. Al hijo de mi sobrino lo conocí a los seis meses, justo cuando pudo viajar. Esta vez lo tuve así, pequeño y frágil entre mis brazos y le dije que si algo quería que aprendiera de su tío es que nunca dejara que nadie, por una idea, lo separara de sus seres queridos.

Odié a los de la otra orilla, odié a los *enemigos*, sin saber o, lo que es peor, sin preguntarme si ellos me odiaban a mí. Odié, repudié y me separé de aquellos que pensaban diferente. Viví para la lucha, nadie puede reprocharme no haber estado del lado de mi Patria, del lado de la libertad.

A veces, en estos años, al mirarme en el espejo lo veía a él, o quizás a mí mismo en él. O quizás es que soy mi mismo hermano del otro lado, gritándome las mismas consignas y los mismos insultos. Sentí durante tanto tiempo asco de los diferentes que acabé teniendo asco de mí mismo. Somos el mismo cubano, tú y yo, mi hermano y yo, mirando nuestro reflejo.

Hoy que Cuba se descompone, que las ideas no le importan a nadie, confieso que tampoco me importan a mí. Sigo siendo el mismo, quiero una Cuba mejor y para todos, libre y feliz. Pero ya no creo en una idea. Dejé de creer para asumir que la verdad no está en lo que nos dicen. Está en lo que sentimos.

Sigo siendo el mismo guajiro de manos grandes que tomó un fusil en 1958 y subió a las lomas a luchar contra Batista, y lo haría otra vez. Pero aprendí que lo que nunca haría sería negar a los míos, dejarme en el odio.

Ni nosotros somos tan buenos, en esta orilla, ni ellos son tan malos en la otra.

Miami, 20 de mayo de 2002.

El último barbudo

En 1958, cuando en la Sierra cubana se libraba la "guerra necesaria", el teniente Gabriel Sotolongo, del poblado de Yateras, ocupó un pequeño caserío de las lomas guantanameras. En ese poblado, apenas un batey rodeado de tres bohíos, plantó en las dos palmas del camino real una rota bandera del movimiento 26 de Julio y la cubana, "siempre bien alta tiene que estar mi bandera".

En 1977, Santiago Álvarez rodaba su documental sobre la guerra de la Sierra, recorriendo con Fidel las zonas de combate. Al llegar a la región de Yateras, Julieta, la esposa de Romeo, el cacique de Caridad de los Indios, le contó que en aquel poblado aún vivía Salustiano Leyva, el que con 11 años viera a Martí desembarcar por Playitas de Cajobabo.

Del encuentro de Fidel y Salustiano el cineasta logró un documental bastante famoso, dotado con buenas dosis de sensiblería y con un Fidel prepotente en todo su esplendor. Pero esa no es la historia de Gabriel Sotolongo.

Cuando los yipis ruso soviéticos entraron al poblado —el primero de ellos manejado por el propio jefe— un flacucho militar saltó en frente de la caravana y con marcadísimo acento oriental gritó: ¡Alto, en nombre del 26 de Julio!

Los escoltas salieron disparados con todas sus armas enfiladas hacia el débil teniente Sotolongo. El aspecto de aquel hombre era de risa: un uniforme verde olivo varias tallas más grande que la suya, una barba desorganizada y un viejísimo fusil oxidado que no representaba ningún peligro.

Era la época del más Fidel de los fideles, amado, vitoreado, creído y aupado, caminaba como dios y también se lo creía.

Despacio, el jefe se bajó del yipi, se dirigió al teniente y le preguntó con ironía:

—¿Quién es usted?
—Teniente Gabriel Sotolongo, del Ejército Rebelde, ¿y usted?

Fidel, así, medio frustrado por la ignorancia del rebelde, respondió:

—Yo soy Fidel, chico, Comandante en Jefe Fidel Castro.

El hombre lo miró y pensó: es un hombre alto, rodeado de gente armada, barbudo, de verde olivo, risueño, y aún dudando, sin dejar de mirarle a los ojos le respondió:

87

—Sí, claro, y yo soy Batista.

Fidel se rio y le preguntó:

—Teniente, ¿y qué hace usted aquí?
—Cumplo las órdenes recibidas de ocupar y proteger este poblado, y para tomarlo tendrán que matarme.

Desesperado, Fidel le repitió: yo soy Fidel, y le informó que venía personalmente a relevarlo, a informarle que había cumplido con su deber, que era un patriota, y que la revolución había triunfado... 17 años atrás.

Poco a poco, ante la evidencia, el teniente Gabriel admitió que estaba ante el propio Comandante en Jefe. Los escoltas le mostraron fotos, Santiago Álvarez le enseñó algunos materiales, y los habitantes de los poblados cercanos empezaron a llegar gritando vivas a Fidel y a la revolución.

Aquel hombre se cuadró torpemente ante el jefe, se llevó su mano derecha a la frente en marcial saludo, y mirando a los ojos de su ídolo preguntó:

—Comandante, ¿y ahora, qué hago yo?

Y Fidel, por primera vez serio, casi conmovido respondió:

–Aún queda mucha revolución por delante, mayor Sotolongo.

El coronel Gabriel Sotolongo murió el 31 de julio de 2006, mientras escuchaba la proclama en la que Fidel cedía todo su poder a su hermano. Lo encontraron de uniforme, en la mecedora de caoba que más le gustaba. Fue ascendido postmorten a General de Brigada, y se le concedió el título honorífico de Héroe de la República de Cuba. Lo enterraron en Yateras. Recibió ofrendas florales de Fidel y de Raúl.

Siempre será recordado como "el último barbudo".

Bonus Track

Durante el proceso de edición final de este libro, Farah María, quien de alguna manera inspira el siguiente relato, falleció en La Habana, el 30 de diciembre de un año tan jodido como el 2020.

Desde una femineidad apabullante, Farah sedujo a la adolescencia de mi generación y, del mismo modo, bautizó con su mismísimo nombre a <u>figuras icónicas</u> del ecosistema habanero que aún iluminan sus calles.

Quien la vivió no podrá olvidarla, y yo aún la disfruto.

Jesús

A Farah María, e.p.d.

A ella, su madre, soltera y agradecida le puso María José, cumpliendo la promesa que le hizo a la Virgen una tarde lluviosa, y fría, demasiado fría para Santiago de Cuba, cuando le pidió a la Patrona que le diera un hijo, a su vientre seco, un hijo, hembra o varón, alguien que naciera de sus entrañas, un ser que viniera a iluminar su casa del camino de Boniato, como quien va para el Caney.

A él, su padre le puso José María, por orgullo de barrio, porque le iba a enseñar a ser buen hijo, buen padre y amigo, y nadie le pondría un pie delante. Andaría por el barrio con la cabeza alta, orgulloso, limpio y planchado, como su abuelo mambí.

Las dos familias, lejanas en el tiempo, y sin ninguna relación entre sí, tenían ancestros libertadores, y coincidieron en ponerle José a sus únicos hijos por Martí, por el hermano de Maceo, por Heredia, por Varona, por de la Luz y Caballero, por Fornaris, por Capablanca, por Cuba y todos sus Josés.

José María y María José se casaron en 1967, un día antes de que anunciaran la muerte del Che. Su luna de miel fue triste, lloraban los dos cogidos de la mano, sin creer lo que escuchaban en la radio.

Unos años después, en el setenta, cuando Fidel dijo que no podrían cumplir la meta de los diez millones, María José tuvo el mayor disgusto de su vida. Al escuchar al Comandante en Jefe poner su cargo a disposición del pueblo, rompió aguas tempranamente, y su hijo sietemesinos vino a este mundo estremecido de cubanía, frustración y optimismo.

Mucho antes, habían decidido que su primer hijo varón llevaría el nombre de Jesús, sin otra razón que aquel lejano discurso en el que le escucharon decir a Fidel que Jesucristo era el primer comunista de la Historia. María José conservaba un viejo cuadro, regalo de su madre, con la imagen del Sagrado Corazón de Jesús, escondido detrás del armario del baño, por lo que pudieran decir los vecinos y José María, que la amaba y sabía que ella era tan comunista o más que él, accedió a ponerle el bíblico nombre, sin reproches ni creencias.

Tan pronto asomó su cabeza, el médico comprendió que la única forma de sacar con vida a aquella criatura era destrozando para siempre el útero de la madre. María José y José María habían soñado su vida con tres hijos y tres hijas, y en las largas horas de trabajo voluntario, decidieron los nombres de los seis.

Un par de años antes, José María había sido enviado a estudiar en la Unión Soviética. Fue parte de un secreto y selecto grupo que recibió clases especiales durante seis años directamente de Mijaíl Kalashnikov, el inventor del *Avtomat Kaláshnikova* modelo 47, más conocido como AK 47, y de un grupo de oficiales soviéticos especializados en el diseño de armas de asalto y de largo alcance.

Recordaba como Mijaíl les decía que el AK había sido inventado para defender a la gran Patria soviética, y que, lamentablemente, había caído en malas manos. El deber de un comunista era proteger a su pueblo, y citaba frases de Lenin y de Stalin, aunque honestamente, de Lenin solo repetía una: *la organización está bien, pero el control es mejor*, y de Stalin citaba dos, siempre una detrás de la otra, sin importar el contexto. Lo mismo hablaba de los 250 000 seres humanos que su arma mataba cada año desde su diseño definitivo en 1947, o de la sopa de col que daban en el comedor de la Academia: *La violencia es el único medio de lucha, y la sangre es el carburante de la historia,* y acto seguido: *Las ideas son más poderosas que las armas. Nosotros no dejamos que nuestros enemigos tengan armas, ¿por qué dejaríamos que tuvieran ideas?*

94

José María, en aquella academia secreta en lo más remoto de Siberia, devoró las obras completas de Stalin, y se enamoró ideológicamente de la crudeza de aquel hombre. En su fuero interno se decía que Kruschev, y después Brezhnev, eran unos blandengues asquerosos, que traicionaron a Fidel, los dos, lameculos de Kennedy.

José María pensaba, sabía que de haber estado Stalin al frente de la Gran Patria de Lenin, en la Crisis de Octubre hubiera conseguido para Cuba la Base Naval de Guantánamo y hasta la Florida, pero los comunistas soviéticos se habían aburguesado tras la muralla del Kremlin.

Silenciosamente, disfrutaba, en su vanidad comunista y revolucionaria, al leer su nombre en el pasaporte cubano, rojo y oficial: José, como el más grande de los cubanos y el más grande de los soviéticos. En Moscú, en la muralla del Kremlin donde descansan los grandes de Ejército Rojo, frente a la tumba de Stalin, limpió la nieve que cubría el busto de su admirado líder y se juró a sí mismo que su segundo hijo se llamaría Stalin Valdés Valdés.

Ante la certeza de no poder tener más hijos, con lágrimas en los ojos, María José accedió a ponerle a aquella cosita tierna y delgaducha Jesús José Stalin Valdés Valdés, y al inscribirlo, José María, que por un problema de frenillo pronuncia las eses, ces,

95

zetas con marcado silabeo, todas zetas muy marcadas, le especificó a la compañera de la OFICODA: *Stalin, con esssse, no con zeta...* "Por supuesto, compañero, le respondió la muchacha, con rabia en su mirada". Y escribió en el registro, sonriendo: Jesús José *Estalin* Valdés y Valdés.

Jesús José Estalin fue un niño retraído. Aprendió a hablar tarde. Después de cumplir cuatro años fue que dijo su primera palabra: *viva*. No fue papá, o mamá, fue *viva*. Y la decía con claridad, explosiva, bilabial. Se escuchaba perfectamente y por los gruesos labios del niño uno sentía el poder de aquellas dos sílabas **Bi ba**.

Al igual que cualquier padre o madre mostraba los avances de sus hijos, María José y José María, exhibían con orgullo a Jesús José Estalin y le decían: "viva Fidel", y riendo alegremente el niño respondía: **biba**, "viva la revolución", "**biba**", "viva la Unión Soviética, "**BIBA**".

Por todo el barrio iban de la mano los tres, Jesús, María y José.

El niño, aunque callado, desarrolló rápidamente una altura sorprendente. Al cumplir cinco añitos y entrar en la Escuela Primaria, lo ubicaban siempre en lo último de la fila, en riguroso orden de tamaño. Sobresalía al menos 30 centímetros del segundo más alto de su clase. Todavía no era locuaz, más bien se concentraba en sus libretas y las llenaba de dibujos, siempre rondas de chicas vestidas con faldas coloridas y bailando en torno a un gran poste con la bandera cubana.

Esbelto, con facciones finas, muy limpio y pulcro, Jesús José Estalin disfrutaba su silencio, y la vida en aquel solar de Crespo entre Colón y Refugios dónde reubicaron a sus padres cuando la Revolución los trasladó a La Habana. Nunca inició una conversación. Educado, respondía si le hablaban.

–¿De quién es este niño tan *prechocho*?

–Tuyo mamita… – respondía, engurruñando los ojos.

Era feliz, su infancia transcurría en paz, creciendo sin parar.

Vivían en la California, y desde el primer piso disfrutaba de la vista privilegiada de la ceiba que reinaba desde el centro del patio. En aquel edificio, cuarenta y nueve cuartos albergaban a setenta y siete familias. Un total de doscientas veintidós personas además de treinta y nueve perros, cuarenta y cinco gatos, veintitrés gallinas, dieciocho gallos, doce jicoteas, diez patos, siete periquitos, tres majás de Santa María, dos ratones blancos y una cotorra. Y a muchos niños: Miguel, Ernesto, Saúl, Renecito, el Chichi, Eduardo, el Piti, Roberto, el Bola, el Coca, la Rata (que es machito),

97

Lázarito el blanco, Lázarito el negro, Quintana, Jorge Andrés, Patricio, el Cura, el Sapo y él, el raro.

Era ese su mundo, callado, sin hablar, solo respondiendo. Nunca salió a correr con sus amigos, jamás jugó a las bolas, o al cuatro esquinas, o al escondido, o a los cogidos. Nunca supo agarrar al vuelo una pelota, ni quimbar una bola en la distancia, para nada. Desde lo alto de su pequeño balcón, miraba a los amiguitos jugar sin camisa, en minúsculos pantalones que apenas les cubrían los muslos sin vellos, y estudiaba las líneas de los músculos incipientes, las formas duras de los rostros, los cambios en sus rasgos cuando se acaloraban y discutían.

Cuando se miraba en el espejo, Jesús José Estalin, con su débil figura, alta y delgada, sus brazos finos, sus dedos largos y la forma tersa y tierna de su rostro, sus ojos separados y sus labios carnosos, no se veía en sus amigos, se sabía distinto.

En tercer grado, sin haber cumplido los ocho añitos, tuvo conciencia, además, de algo que marcaría su vida para siempre.

En la escuela, sentado en el pupitre, atendía a la maestra de español, su asignatura preferida. Vestido con su camisa blanca, su pantalón corto rojo vino y la pañoleta azul de moncadista, la maestra le orientó que conjugara el verbo amar.

Jesús José Estalin se puso de pie y mientras decía *Yo amo a la Revolución, Fidel ama a los cubanos…* Aurora, la maestra, observó que, por el borde del pequeño short de Jesús, casi a medio muslo, asomaba algo negro, la punta de algo.

Se acercó al niño sin dar crédito a lo que sus ojos miraban. Aurora era una mujer madura, de unos cincuenta años, blanca de piel, pelo rizado y ojos verdes muy llamativos. Jesús apenas tenía ocho años. Aurora no podía esperar a que se terminara la clase y cuando se cumplieron los 45 minutos de turno de clases, despidió a los niños con premura y le dijo a Jesús: "tú no, tengo que hablar contigo".

Lo llamó al frente, le pidió que se arreglara la camisa, que se la metiera por dentro del pantalón corto, y muy perturbada vio que aquello no era una ilusión, era cierto, la punta del pene del niño asomaba por el borde del pantaloncito. No pudo más, cerró las puertas y le ordenó que se bajara el short y el calzoncillo, y lo vio, un niño delgado pero bien formado, de apenas nueve años, con un pene gigantesco que le llegaba más allá de la mitad de los muslos.

Aurora sintió cómo su vagina se humedecía como nunca, y sin poder resistir la tentación, tocó delicadamente el miembro infantil de Jesús, lo miró de cerca, y sin querer, sin darse cuenta, sin saber lo que hacía, le dio un beso largo en su punta.

Jesús, el hijo de María y José no dijo nada. De alguna manera entendió que aquello no estaba bien, que era algo sucio, y ni siquiera había sentido nada. Regresó a casa sin entender por qué le habían besado el pipi, y menos Aurora, su profesora de español.

Al llegar a casa, parado frente al espejo, comprendió que su pipi era algo diferente. Más grande que el de José, su padre, que había visto alguna vez, y muchísimo más grande que el de cualquiera de sus amiguitos que jugaban a ver quién orinaba más lejos.

Eso tenía que significar algo, se dijo, tenerla más grande tenía que ser bueno, o malo. Se vio a sí mismo como Jesús José Estalin, *el que la tiene más grande*.

En 1980, al cumplir diez años, Jesús habló. Fue la primera vez que sin que nadie le preguntara, el chico pronunció palabras desde sí mismo, y todos, a un tiempo, se voltearon con la sorpresa reflejada en el rostro.

En mayo, un Lada azul oscuro detuvo su marcha frente al portón inmenso del solar. El auto no apagó su motor, y un hombre con uniforme de policía se bajó, caminó erguido hasta la entrada del cuarto de Armando el Manco y con estrépito golpeó la puerta del buen hombre. Todos sabían que lo verían por última vez.

En el solar no se escuchaba ni una mosca. Rostros muy serios veían lentamente cómo Armando el Manco abría la puerta carcomida y con un pequeño maletín en su única mano, salía del cuarto. Por unos segundos levantó la cabeza y observó a todos sus vecinos, uno por uno, y pudo sentir el dolor de sus ojos.

Armando el Manco era un cubano de pura cepa, blanco y alto. Siempre de blanco, guayabera exquisitamente planchada, la manga vacía doblada cuidadosamente y cosida sobre el hombro, Armando, cada mañana, exactamente a las nueve, salía del solar, en Colón doblaba a la izquierda y pasaba muy despacio por la puerta de la casa que fuera causa de su ruina.

Siempre se le enfriaba el alma cuando pasaba por la puerta del que fuera el mayor prostíbulo del Barrio de Colón, la famosísima Casa Marina, o como le decía todo el mundo, el Bayú de Marina, en la casona imponente del número 298.

La casona estaba dividida por un patio interior en el que aún, en ese 1980, podían verse esculturas manchadas de mármol de Carrara, un mobiliario de hierro forjado y una escalera de rojas baldosas que lleva a un entresuelo cubierto por una parra que

101

aliviaba del calor del mediodía. En los dos niveles que daban al patio se contaban al menos veinte pequeñas habitaciones destinadas al ejercicio sublime de dar y recibir placer, unos bancos de piedra recordaban donde esperaban los clientes y las servidoras.

Al otro lado del patio, totalmente independiente, incluso con su propia entrada por la calle Colón, la residencia de Marina. En lo que podía ser el salón, una inmensa Santa Bárbara, a tamaño más que natural, presidía toda la casa. Vestida como la reina que es, lo que más llamaba la atención del retrato era la espada dorada y la mirada vivaz de la santa. Al final del pasillo, un comedor gigantesco, una mesa de caoba preciosa para veinte personas y una vitrina llena de copas de bacará. Detrás de la Santa, ondeaba una bandera cubana que, según la leyenda, fue izada originalmente el 20 de mayo de 1902, y a Marina se la dio un ex Presidente de la República, ex General del Ejército Libertador y ex amante de la patrona, por ser la *primera y más grande puta de la república*.

Por ahí pasaba cada día Armando el Manco, e invariablemente murmuraba *mal rayo te parta, hija de puta*.

La frase duraba exactamente desde que llegaba a la segunda puerta, la del prostíbulo, hasta justo antes de poder vislumbrar desde la ventana exterior la severa mirada de Santa Bárbara, meticulosamente medido el tiempo para que la santa supiera que no era con ella, sino con la mujer por la que perdió su brazo, él, el hermano menor de Yarini, su primer chulo, su primer amante, el hombre que la hizo mujer y que la ayudó a construir su imperio de semen y secretos.

De eso hacía más de treinta años.

Era una noche de luna, de relámpagos y truenos, y Armando, el hermano menor de Yarini, el apuesto blanco cubano, con dinero, el amante de Marina, el único hombre que disfrutaba del cuerpo de la que tanto placer dio a través de otras, fue descubierto por aquella mientras Xiomara, una mulata espectacular que vestía de azul, siempre de azul, discípula y empleada de Marina, le daba una espectacular mamada cuando él tomaba un café con leche.

Marina abrió la puerta de la sala, y allí los vio, él taza en mano, ella pinga en boca. No dijo nada, cerró tras de sí la puerta y, sin escuchar los reclamos de Armando, le dijo a Peyi, uno de los hombres que cuidaban el negocio, enamorado de su jefa como todos, que lo sacara de su casa. Armando le dijo que ese era también su negocio, que la iba a destruir, pero Marina no lo escuchó más. Se fue al patio y se sentó a esperar que el cliente del cuarto número 9 terminara su servicio.

Una media hora después, Hernando Hernández, jefe de la Policía Nacional, salió del cuarto precedido por cinco muchachas preciosas, sacó tres billetes de cien pesos, y cuando se los acercó a Marina esta le dijo: *No, necesito un favor personal.*

Una semana después, Armando apareció desnudo, cubierto de sangre, en las cercanías del Cuartel Moncada en Santiago de Cuba. Le faltaban todos los dientes y el brazo derecho.

Era la noche de la Santa Ana, y los soldados confundieron su cuerpo con uno de los asaltantes revolucionarios y lo mandaron al vivac. Ninguno de los miembros del 26 lo conocía, pero con tanto secretismo tampoco podían determinar si era parte del movimiento, uno de los simpatizantes santiagueros o un nadie. También, al verlo mutilado, algunos pensaron que la tortura de los esbirros llenos de odio se había cebado en él, así que revolucionario o no, era una víctima de la tiranía de Batista.

Unos meses después, condenado a diez años, pues, aunque nadie lo conocía por revolucionario el juez siempre sospechó que era un simpatizante, entró en la prisión de Boniato, donde sirvió de poco su único brazo para evitarle el acoso y la consumación de la carne por sus compañeros de presidio. No habló mucho, y solo tuvo algo de paz cuando en

1959, el cinco de enero, fue liberado junto a un grupo de presos políticos.

Cuando llegó de nuevo al barrio, Marina ya no estaba. La casona estaba en manos de Peyi y una señora a la que nunca le vio el rostro. Lo único nuevo es que Marina había puesto, en el mismo sitio donde fue sorprendido con Xiomara, la inmensa Santa Bárbara que presidía el salón, como el antídoto perfecto para la traición.

Las lenguas del barrio le dijeron que ella había salido para Miami en el mismo avión que Batista. Otros, que estaba escondida en su nuevo burdel de Reloj Club. Otros, que se había suicidado. Y él supo que jamás se vengaría, que la puta mayor de la República lo había dejado sin dientes y sin un brazo, además de sufrir seiscientas ochenta y siete violaciones en los ocho años que estuvo preso en la cárcel de Boniato.

Se tuvo que meter en su antiguo cuarto del solar de la California. Encerrado allí, se miró en el espejo una y otra vez y, sin poder llorar, estuvo sin dormir, pensando, cuatro días seguidos. Al amanecer del sexto, desarmó el doble fondo del pequeño gavetero, extrajo mil pesos, y salió a comprarse veinte guayaberas blancas, cinco pantalones de hilo y tres pares de zapatos de dos tonos.

Tomó un larguísimo baño, cosió la manga derecha sobre el hombro de cada una de las guayaberas y salió al patio central. Lola, la abuela de todos, le dijo: *Xiomara vive en el apartamento de Don Rafael, el bolitero, que se fue para el norte.* No hizo falta buscarla. En ese momento entraba por la puerta del solar una mulata, gorda, muy gorda, vestida de azul, siempre vestida de azul.

Xiomara lo tomó de su única mano. Caminaron tres cuadras, subieron tres pisos. Le preparó un café con leche y, apenas empezó a chuparle el miembro, Armando se vino en un silencio aguantado de siete años. Luego se compuso como pudo y se fue.

Esa tarde miró sin mirar a los soldados rebeldes vestidos de verde olivo que estaban por el Prado y regresó a su cuarto. Durmió, de un tirón, tres días seguidos.

A esos siete días, Armando el Manco los bautizó como la Semana perdida. Cuando despertó, por un efecto raro de la sicología masculina, desterró de su memoria las noches en Boniato, donde entre dos o tres lo obligaban a servir de consuelo sexual a toda una galera de asesinos y ladrones. Olvidó el dolor de los golpes en la cárcel, incluso el tajo del machete que lo dejó sin brazo, o los piñazos que lo dejaron sin dientes.

A la que nunca olvidó ni uno solo de sus días fue a Marina. Incluso a veces, mirando en el espejo la ausencia de su brazo, le parecía ver el tatuaje en el hombro que decía: *Marina, tuyo para siempre,* enmarcado en un corazón sangrante.

Armando el Manco era querido y respetado en el solar. Nunca discutió con nadie, jamás tuvo un mal gesto, una mala cara. Silencioso y respetuoso saludaba a todo el mundo, siempre atento. Tenía suficiente dinero para vivir, pero no ostentaba, siempre vivía con lo mínimo. Jugaba con los niños del solar, nunca se ofendió cuando le gritaban manco o se burlaban sacando un brazo de la manga de camisas y pulóveres. Siempre afable, aunque jamás lo vieron sonreír.

Cada mañana, con su guayabera blanquísima y gastada, Armando el Manco cruzaba la calle Industria, avanzaba por la acera derecha, saludaba al gallego y al zurdo en la pequeña barbería, doblaba en Consulado y en el Diorama, la panadería del viejo Miguel —bueno, que fuera de Miguel y que hoy era una mierda sucia y polvorienta—, compraba por 15 centavos una libra de pan caliente.

Los domingos, además, compraba un pan de gloria y dos cangrejitos, solo ese día, y caminaba hasta el edificio de Colón y Prado, esperaba el regio ascensor art nouveau, y tres pisos arriba, con su bolsa de panes, tocaba la puerta de la gorda Xiomara, quien abría sin mirar. Sobre la mesa lo esperaba el café con leche caliente, un girasol y, en el sofá, la mulata ataviada con su bata de casa de tela de gingham azul claro, siempre azul, ancha y voluptuosa.

Armando el Manco se sentaba en la mesita redonda, sacaba delicadamente con su única mano el pan de gloria, lo ponía sobre el plato vacío que estaba sobre la mesa. Después, uno a uno, los panes de piquito, y mojando la punta en el café con leche oscuro y quemante, se lo llevaba a lo boca lo suficientemente rápido para que no se humedeciera más allá de lo comible, y que de ninguna manera una gota manchara su blanquísima y gastada guayabera blanca.

Justo cuando terminaba el primero de los panes, Xiomara se levantaba del sofá, se acercaba a la mesa, se hincaba de rodillas y con suavidad, abría la portañuela de su pantalón blanco. Amasaba despacio el miembro del manco, lo exponía a su boca, y solo con su lengua jugaba con el pedazo de carne que poco a poco se levantaba y endurecía.

Xiomara no se lo metía completamente en la boca hasta que Armando terminaba el café con leche y el segundo de sus panes, y cuando lo hacía, succionaba con furor mientras movía sus manos con habilidad sobre el pene del manco, durante unos diez minutos, rotando las manos sin dejar de chupar, moviendo ágilmente su lengua al mismo tiempo, hasta que un líquido viscoso, ácido y amargo al mismo tiempo le anunciaba que Armando se venía, como siempre, sin gemir, sin un gesto, en el más completo, absoluto e inexpresivo de los orgasmos.

La negra entonces tragaba y tomaba el pan de gloria que con su azúcar le quitaba el mal sabor de boca, mientras él se componía el pantalón, alisaba su guayabera blanquísima y gastada, y sin decir palabra se iba pensando en el viejo chiste de cada domingo: *tomando y dando leche.*

Pero ya no reía.

Bajaba por las escaleras para admirar las rejas que rodeaban al ascensor, perfectas, con arabescos afrancesados, tejidos imposibles y efectos ópticos que solo él creía ver. Al salir, llegaba a Refugios e Industria y en la bodega de Raúl compraba un peso de caramelos rompe quijá, y al llegar al solar todos los niños lo esperaban pues sabían que cada domingo de este mundo, Armando, sobre las once de la mañana, aparecía con un cartucho lleno de caramelos para ellos.

Allí lo esperaba, también, Jesús José Estalin Valdés Valdés.

En aquel año ochenta tan doloroso, sin saber cómo, aprovechando la coyuntura de lo de la Embajada del Perú, Armando el Manco se inscribió y pidió la salida del país. Sin saber por qué, allí respondiendo a las preguntas del oficial que rellenaba unas planillas dijo a todo que sí,

—¿Desafecto? —preguntó el oficial.
—Sí —dijo él.
—¿Contrarrevolucionario?
—Sí.
—¿Homosexual?

Al escuchar esta pregunta, Armando recordó de golpe las seiscientas ochenta y siete violaciones que sufrió en Boniato, y sin saber de dónde, su hombría menoscabada le obligó a decir, otra vez, *sí*.

Todo el solar veía cómo el manco se acercaba al Lada azul oscuro. Armando nunca habló de política, ni de irse del país. Hacía sus guardias del CDR. Es verdad que no trabajaba, pero ¿en qué podía trabajar un manco?

Nadie decía nada, nadie se atrevía a pronunciar palabra. En un silencio total, el solar de la California despedía para siempre a Armando el Manco.

Y ese día, justo ese día, Jesús José Estalin Valdés Valdés, el niño de diez años ya famoso por tener la

110

más grande del solar, dijo, por su propia voluntad, sin que nadie le preguntara, su primera palabra, a grito limpio:

¡ESCORIA!

Su madre le viró la cara de un bofetón, todos en el patio lo miraron con furia, y el niño empezó a llorar sin entender nada.

Armando el Manco se dio la vuelta, y al ver el rostro lleno de lágrimas de Jesús José Estalin, se zafó del policía que lo empujaba hacia el auto, se dirigió hacia el niño, y con su única mano despejó su carita llorosa y lo abrazó.

Armando regresó al auto, entró en él, y cuando dobló por Colón, al mirar a su derecha, sintió el dolor más grande de su vida. En la puerta del antiguo burdel, la mujer a la que nunca le había visto el rostro, esa señora que deambulaba por los pasillos de la que fuera la casa de putas más celebrada de la República, lo miraba riendo bajo la sombra de Santa Bárbara.

Era Marina.

El manco se fue, y la vida en el barrio de Colón siguió siendo la misma, pero no para Jesús.

Algo extraño pasó. Desde el bofetón de su madre, cada vez que lloraba su inmenso pene se le ponía duro, se paraba. Y Jesús tenía que esconderse de la vista de los demás.

También desde ese día Jesús José Estalin habló sin parar. Trastocó las respuestas por preguntas, y su curiosidad no tuvo límites. De ser un niño retraído y poco sociable, empezó a participar más en las actividades de la escuela, en el Teatro de la Casa de Cultura, en cuanto acto se necesitase un declamador. Jesús José Estalin se sabía de memoria los poemas de Guillén, fragmentos enteros de discursos de Fidel y todas las frases conocidas de Ernesto Che Guevara.

Pero lo que más le gustaba era bailar. Se divertía vistiéndose con aquellos pantalones ajustados que le obligaban, por el tamaño inusual de su pene, a ponérselo entre las piernas y meterlo entre sus nalgas, para que no se notase; las camisas de colores y el sombrero de guano pintado con los colores de la bandera.

El instructor de teatro de la Casa de Cultura, Judas Peregrino Valdivia era, además, el jefe del almacén de vestuario del Teatro García Lorca. Jesús ya había cumplido trece años cuando con el pretexto de revisar unas escenas de la obra que estaban montando lo invitó al sótano del teatro.

Jesús José Estalin, asombrado, vio de cerca vestidos cortesanos, uniformes militares españoles, espadas, pistolas, maquillajes varios, muebles. El almacén del teatro era un universo nuevo. Se disfrazó de soldado egipcio, de Luis XIV y del Barbero de Servilla. Pero lo que más le impresionó fue un vestido rosado, de vuelos, con corsé apretadísimo, que se puso sin pensar, apretando cada uno de los cordones, ordenando exquisitamente cada unos de los lazos, dándole aire a la falda voluminosa.

Vestido así, como María Antonieta, con una peluca rubia y maquillado por Judas, su instructor y jefe de almacén, Jesús se contempló en el espejo y al verse vestido como regia, reina y dama, por vez primera, lloró, y su inmenso pene se desplegó en toda su erección, y ni la falda de vuelos pudo disimular aquello.

Judas, sin dar crédito a lo que sus ojos veían, levantó la falda del muchacho y comprobó que aquello que sobresalía debajo del disfraz de reina era un pene de 47 centímetros, duro como cabilla, y sin pensarlo, como en su día hiciera Aurora, la profesora de español, se lo metió en la boca y lo chupó una y otra vez hasta que el niño tuvo su primer orgasmo.

Esta vez Jesús José Estalin no se preguntó nada, ni tuvo esa sensación de *cosa mala* que sintiera con

Aurora. Esta vez se quedó impávido. Lo que acababa de sentir era superior a todo lo que había conocido en su vida, y comprobó que su inmensa cosa aún estaba dura, y que él mismo, sin apenas doblarse, podía darle besos y adorarla como ese inmenso placer sugería.

Judas miraba cómo el niño vestido de mujer le daba besos a su pinga y, excitado como nunca, lo sentó en un viejo escritorio victoriano, le abrió las piernas y lo penetró sin piedad. El pene del niño le golpeaba la cara y mientras se lo templaba se lo chupaba, disfrutando como nunca.

Jesús José Estalin sentía cosas totalmente nuevas. Si su primer orgasmo casi lo dejó sin aliento, sentir a Judas dentro de sí, moviéndose de esa manera y con su pipi en la boca, casi logra que pierda el conocimiento, y cuando un rato después, sin poder contenerse se vino otra vez en la boca de su instructor, quedó totalmente relajado, con una sonrisa de felicidad dibujada en su rostro fino.

Durante unos meses Jesús y Judas fueron inseparables. Cada día repasaban la obra de teatro en los sótanos del teatro García Lorca. Cada día Judas se la metía a Jesús, y aquel niño de trece años se disfrazó de cortesana, de Juana de Arco, de Rosa Luxemburgo, de Willi de Giselle, de la misma Giselle. Le gustaba verse en su tez mulata con aquel vestido de bailarina, con las zapatillas de punta, danzando frente a los espejos del almacén.

Judas había preparado un set en aquel sótano. Un sofá tapizado con brocados reales, una mesa de centro de mármol, un par de butacones victorianos y el escritorio donde por primera vez tuvo a Jesús José Estalin entre sus manos. Todo circulado por grandes espejos que reproducían la sonrisa del muchacho, su desnudez, su inmenso falo erecto siempre que vestía de mujer.

Jesús José Estalin nunca pensó en mujeres. Durante un tiempo se preguntó si su vida estaba destinada a ser así, el niño de la pinga grande que abría las piernas para Judas. Por primera vez sintió que eso podía ser algo impuro, sucio, incorrecto. Había cumplido catorce años, y lo único distinto y placentero en su vida, más allá de Judas y el sexo, era vestirse de chica, disfrutarse en tacones, en falda.

En el solar de la California empezó a desaparecer la ropa interior de las tendederas del patio. En las noches, Jesús, disimuladamente, se robaba blúmers y ajustadores con los que iba a la secundaria. Cada día más amanerado, sus amigos y vecinos empezaron a comentar que Jesús había salido cherna, que Jesús era ganso, que Jesús era maricón.

Solo una vez le dijeron maricón a la cara. Fue Renecito, uno de los guapitos del solar. Jesús José Estalin, sin pensarlo, subió a su casa, cogió la réplica del machete de Maceo que le había dado Fidel a su padre, bajó las escaleras y solo Lola, la abuela de todos, pudo pararlo antes de que cometiera una locura. Nunca se supo si fue ese acto temerario o las influencias de Lola, pero en el Barrio de Colón nadie nunca más se atrevió a gritarle maricón, o loca, o cherna, o puta a Jesús José Estalin Valdés Valdés.

Desde ese día todo el mundo respetó al muchacho, aunque sus amigos ya nunca fueron los mismos.

Una tarde lluviosa, Jesús y Judas salían del sótano del teatro, luego de tener una de esas tardes de disfraces y sexo, y Judas le dijo que quería presentarle a unos amigos. Se fueron hasta la casa del instructor, a pocas cuadras del teatro, en Neptuno esquina a Consulado, en un apartamento que según él había pertenecido a Manolito Meyland, el primer hombre que bailó como mujer en Tropicana y que pasaría a la historia cultural cubana como *La engañadora* luego de que el negro Jorrín, por dos pesos, subiera a ese mismo apartamento y al desnudar a la puta descubriera que no era puta sino puto, y que, en sus formas sensuales, *rellenos tan solo hay*.

Jesús José Estalin siempre se reía cuando Judas ponía la boca chula y le cantaba pícaro y maricón: *qué bobas son las mujeres que nos tratan de engañar.*

Pues esa tarde, al llegar a casa de Judas, al muchacho lo esperaban otras cuatro personas: Mateo, un conocido actor de la televisión; Lucas, otro renombrado director de programas infantiles; Marcos, un conocido bailarín; y Juan, un cantante de cabaré que de vez en cuando salía en la televisión.

Judas le dijo que ellos lo podían ayudar mucho en su carrera como actor, bailarín y cantante. Cenaron arroz con pollo, de postre casquitos de guayaba con queso crema, y bebieron vino y ron. Jesús José Estalin, en un momento, un poco mareado por el vino dulce que tanto le gustó, a instancias de Judas se puso una falda roja, una blusa amarilla de vuelos, y bailando para sus nuevos amigos no pudo evitar que su pene erecto se manifestara ante la mirada de asombro de aquellas cuatro lumbreras de la cultura nacional.

Esa noche, embriagado por tanto vino, Jesús José Estalin disfrutó de los cuatro nuevos maestros, y el más joven, el baladista Juan le dijo "a mí, eso que tienes entre tus benditas piernas me lo vas a meter".

Juan se sentó sobre Jesús y mientras el niño tímidamente le iba metiendo aquello lentamente, Judas empujó con fuerza y de un tirón, cediendo ante la fuerza que lo empujaba por su culo, los 47 centímetros de carne entraron hasta lo más profundo de Juan, quien, en un grito de placer, regó de semen el rostro inmaculado de Jesús.

Al amanecer de su primera resaca, mientras desayunaba antes de ir para la secundaria, escuchó en Radio Reloj que el conocido bolerista cubano Juan Cántaro de la Fuente, había muerto la noche anterior víctima de una hemorragia interna repentina. Se juró que más nunca se la metería a nadie, y consideró la encerrona de Judas como la más miserable de las traiciones.

Judas lo había convertido en un asesino.

Nunca más fue a verlo a los sótanos del Teatro, rebautizado ya como Gran Teatro de La Habana. Evitó el Parque Central, aunque su secundaria estaba al frente, en el piso cuarto de la Manzana de Gómez.

Dejó las clases de teatro, se retrajo aún más, y durante casi dos años, fue de su casa a la escuela, de la escuela a su casa. Sus únicos momentos de placer eran cuando escuchaba a Farah María en la radio, o cuando se ponía la ropa de su madre y se chupaba el pene hasta venirse en su propia boca.

Cuando cumplió quince años, su madre María José le hizo el mejor regalo de su vida, algo que lo cambiaría para siempre, toda una revelación.

Esa noche se fueron los tres, Jesús, María y José al teatro América a escuchar a la cantante preferida del niño, la gran diva, la mujer de mujeres, la única y sin par Farah María.

Jesús se quedó petrificado. La espectacular mulata blanconaza salió al escenario con un vestido súper ceñido que dejaba al descubierto sus curvas perfectas, su trasero grande pero en forma y justo para ese cuerpo, sus senos también protuberantes y hermosos, su cara de mestiza sensual, su sudor sexual, y su voz...

Jesús ni siquiera advirtió que estaba excitado a tope cuando la mulata cantaba con picardía *ay, no te bañe en el Malecón, porque en el agua hay un tiburón*, y se movía demasiado femenina, demasiado mujer. Justo cuando la diva terminó la canción Jesús se había venido sin tocarse, solo por el placer inmenso de ver a Farah María anunciar al mundo la feminidad sublime, el non plus ultra de ser mujer.

Todo alborozado, esperó en la salida trasera del Teatro para verla, y cuando la espectacular mujer salió, miró directamente a los ojos de Jesús José

Estalin Valdés Valdés y le dedicó la más sensual y hermosa de las sonrisas.

Farah María se convirtió en su paradigma. Cuando llegaba del pre, aprovechando que María y José estaban trabajando, se ponía un vestido ceñido y cantaba frente al mismo espejo donde se descubrió diferente:

Cuando tienes juventud no hay experiencia. Cuando llega la experiencia hace falta juventud…
Cuando llego yo a la fiesta los hombres se me alborotan…

Y movía los hombros y se contoneaba como la cantante, incluso sonreía como la cantante. Quería para sí ese cuerpo perfecto, esa sensualidad, esa forma de moverse. Quería esas tetas, quería ser Farah María.

Fue a todos sus conciertos, guardaba los pocos pesos que le daban para la merienda y compraba entradas para ver a la diva. Se lamentaba por no poderla ver en el Parisien. Era un cabaré y la entrada era por parejas, y él no solo no tenía pareja, sino que tampoco tenía una amiga que lo acompañara. Ni siquiera era mayor de edad.

Pero la vio en el Mella, en el Lázaro Peña, en el Karl Marx, y en cuanto teatro con nombre de héroe se presentase. Siempre la esperaba a la salida. De verla caminar ya él sabía si la diosa estaba cansada, triste, feliz, de mal humor. La conocía, y ella a él. De verlo tantas veces, tan alto y delgado, con ese rostro de niño deslumbrado, Farah María siempre tuvo una mirada de atención para él.

Un día, saliendo de una función, se acercó a Jesús José Estalin y le preguntó: *¿Cómo te llamas?* Y cuando él le respondió, ella escribió rápidamente y le entregó una foto. La mulata reía y su vestido blanco dejaba adivinar bajo el generoso escote el par de tetas que Jesús quería para sí, y justo en las tetas, la dedicatoria: *Para Jesús, mi santo, de su Farah María que espera verlo siempre a la salida del teatro.*

Lloró. Y como siempre que lloraba, su pene de 47 centímetros se le puso duro, inmenso. Corrió hasta su casa.

Jesús conoció la marginación. No había podido ser militante de la Unión de Jóvenes Comunistas por *poco combativo*. Aunque en los trabajos voluntarios, escuelas al campo y domingos rojos era el que más trabajaba, jamás le dieron un diploma de Destacado o Vanguardia, y cuando intentó en el duodécimo grado estudiar un técnico medio de agronomía, recibió una citación del Comité Militar de Centro Habana, y su padre, esperanzado de que el Servicio Militar Obligatorio enmendara al maricón de su hijo, lo acompañó al

121

examen médico, con su uniforme de Coronel del Ministerio del Interior, aunque ahora trabajase de civil en una oficina de vigilancia interna. Utilizando algunos contactos logró que a su hijo lo mandasen a la Unidad de Frontera, justo frente al enemigo, custodiando nuestra revolución a las mismísimas puertas del imperio, en la Base Naval de Guantánamo.

Así, en 1987, "Año 29 de la Revolución", Jesús José Estalin Valdés Valdés, de completo verde olivo, y con un AK 47 al hombro, custodiaba la posta tres de la frontera cubana en Guantánamo.

Jesús José Estalin, que se sabía diferente, que había asumido su deseo de ser mujer, su gusto por los hombres, y su inmenso pene sin apenas conflictos, solo lamentaba que eso le hubiese impedido ser el revolucionario que se sentía. Llevaba con orgullo su condición de cubano, donaba sangre cada mes, nunca faltó a una guardia del CDR, jamás dijo no a una tarea. Es más, Jesús participó en todas las Marchas del Pueblo Combatiente, cantó en el coro gigante de la CTC, se ofreció voluntario para ir a Angola, vibraba con los discursos de Fidel y era, de verdad, a plena conciencia, un revolucionario cubano.

Durante los tres años de su servicio militar le demostraría al mundo que se podía ser homosexual y revolucionario, pero revolucionario de verdad, guapo, valiente y dispuesto a dar la vida por la Revolución, el Socialismo y Fidel.

En la madrugada del 25 diciembre, mientras dormía esperando el pase largo que le permitiría ver a sus padres antes de fin de año, Jesús fue despertado por la alarma de la Unidad Militar. Formados ante el busto de Maceo, se estremeció cuando de un Yipi bajó el General de Ejército Raúl Castro y les habló de Cuito Cuanavale.

Raúl les explicó que desde hacía unos meses el ejército racista de Sudáfrica había iniciado un ataque junto a las fuerzas de Savimbi, la UNITA. Estaban avanzando y las gloriosas Fuerzas Armadas Revolucionarias comenzarían una ofensiva junto a las FPLA.

El General les dijo que nuestro pueblo había enviado a sus más valiosos hombres a Angola y que ellos, el Destacamento de la Frontera, tenían que sentirse muy orgullosos, pues defendían la integridad de la Patria a menos de un metro del enemigo.

En ese momento, se escuchó detrás de Raúl una voz muy familiar a cualquier cubano, la única voz capaz de interrumpir al General de Ejército, y dijo: *a micras, Raúl, a micras del Imperio.*

Y gigante, con su uniforme de campaña, saludaba a todos los soldados, los felicitaba, les preguntaba por sus padres. Fidel dijo:

Aquí, entre ustedes, tan cerca del enemigo, me siento otra vez en la Sierra, ¿te acuerdas Raúl? Creo que mejor nos vamos al comedor, estamos entre soldados, no es hora de estar ahí, firmes, es hora de descansar y conversar. ¿No habrá por ahí un buen café para todos?

Y se fueron al comedor, y hubo café para todos, y Fidel a todos, uno por uno, a los cincuenta y seis soldados, les preguntó su nombre y apellidos.

—Jesús José Estalin Valdés Valdés, comandante.
—¿Cómo, repite eso chico? —preguntó Fidel, mientras Raúl se reía a su lado.
—Jesús José Estalin Valdés Valdés, a sus órdenes.
—¿En serio, José Stalin, tú sabes quien fue Stalin?
—Comandante, Stalin fue un revolucionario que luchó con Lenin, un patriota soviético que liberó al gran pueblo hermano de las garras del fascismo alemán, alguien que hubiera sido amigo de Cuba y que jamás la traicionaría.

Fidel sonrió y le puso la mano en el hombro a aquel mulato raro, más alto que delgado y con voz demasiado aguda para su figura. Cuando terminó de saludar a todos los soldados, regresó a Jesús y le dijo:

—Stalin fue un radical, pero quizás tengas razón y de estar vivo hoy fuera amigo de Cuba. ¿De dónde eres? —preguntó.

—De La Habana, comandante, de Centro Habana.

—¿Y pediste venir aquí, a la Frontera?

—No, comandante, pedí irme a Angola, pero me enviaron aquí.

—¿Por qué? ¿Te parece Angola una batalla más importante que esta, más importante que defendernos de esos americanos?

—No, comandante, estoy orgulloso de pertenecer a la Brigada de la Frontera. No hay batalla pequeña en nuestra Revolución, doy mi vida por usted y por Cuba donde sea necesario.

Llenándose de valor, miró directamente a los ojos de Fidel, y con voz apagada le dijo:

—Comandante, es que usted sabe, soy invertido, y nunca pensé que me enviaran aquí, nunca pensé que me dieran este honor tan inmenso.

El rostro de Fidel se extrañó, con gesto brusco quitó la mano que tenía sobre su hombro, llamó al capitán Torrente, habló algo con él, regresó hasta Jesús y le dijo:

—Recoge tus cosas, mañana sales para Angola.

El comedor aquel se estremeció de aplausos y todos abrazaron a Jesús José Estalin, lo levantaron en brazos mientras gritaban: ¡Viva Fidel! ¡Comandante en Jefe, ordene!

Lo llevaron hasta el albergue, le ayudaron a recoger las pocas cosas que tenía, la fotografía de sus padres, la de Farah María dedicada y sus uniformes. Uno por uno lo abrazaron y Torrente, el capitán, al abrazarlo le dijo: *esta Revolución se hace con todos, eso me dijo Fidel.*

Incluso el General de Ejército Raúl Castro lo abrazó.

Para Jesús, ese 25 de diciembre significó su verdadero nacimiento. En la parte de atrás de uno de los yipis de Fidel, desandó la carretera de Caimanera y enfiló rumbo a Santiago de Cuba. Entrando por la Carretera Central, la sombra del Moncada lo estremeció. Tomaron la carretera del Cobre, rodearon el Santuario de la Patrona y un poco después, en una unidad militar apenas visible, fue recibido por el coronel Pablo Rebollo, quien le dio un uniforme de camuflaje, con los grados de teniente, y le dijo:

Por órdenes del Comandante en Jefe, el soldado Jesús José Estalin Valdés Valdés ha sido ascendido extraordinariamente al grado de Teniente de las Fuerzas Armadas Revolucionarias, firmado, General de Ejército Raúl Castro Ruz.

Y se cuadró militarmente mientras Jesús, en el más absoluto firme, al responderle el saludo militar, no pudo evitar que dos lágrimas de orgullo se deslizaran por su rostro. Como siempre que lloraba, su inmenso pene de 47 centímetros empezó a ponerse duro, pero esta vez, la rapidez con la que lo subieron en un helicóptero pudo disimular lo evidente.

En el nuevo uniforme que vestía, Fidel había dado órdenes de que se mantuviera, a pesar de que ya no pertenecía a ella, el distintivo de la heroica Brigada de la Frontera.

Cincuenta y nueve minutos después, desde algún aeropuerto secreto, Jesús se vio en un avión rumbo a África.

Nunca supo dónde aterrizó, solo que fue de inmediato trasladado a otro avión, más pequeño, sin asientos, y de este a una tanqueta que lo llevó durante unas seis horas a un rumbo desconocido. Los soldados se cuadraban ante sus grados de teniente, y él, sin asimilar su nueva condición de oficial, lo hacía ante el sargento estupefacto que conducía la BTR.

Poco a poco se dio cuenta de que estaba metido en una guerra de verdad. Explosiones, disparos, rugido de aviones pasando muy cerca de ellos. El olor a pólvora se mezclaba con el tufo a animal muerto, a sangre, a tierra maldita. Cada cierto tiempo la tierra se estremecía bajo sus pies, el carro se movía, y él, asustado, no dejaba de admirar a aquellos otros cuatro hombres que fumaban, bromeaban y miraban con picardía al *teniente*.

–¿Qué pasa, *teniente*, primera vez en la guerra?

No supo qué responder. Estaba sin palabras, sin dormir, aún con el recuerdo de la noche anterior en su unidad, con Fidel y Raúl, con sus compañeros por primera vez tratándolo como un igual. Estaba emocionado aún.

Se acercó a los soldados y le dijo: *Sí, primera vez, hasta ayer estuve en la Brigada de la Frontera, en Guantánamo*, y les enseñó el distintivo en su uniforme.

Los soldados lo miraron con admiración, le cayeron a preguntas sobre las provocaciones yanquis, si era verdad que le ponían mujeres encueras del otro lado de la valla para seducirlos, en fin, un montón de historias y fábulas que Jesús desmintió. Otra vez se sintió rodeado de compañeros. Esa última hora en la BTR rio y disfrutó, por primera vez, de una verdadera camaradería.

El hombre que quería ser Farah María, que más que nada en este mundo anhelaba tener las tetas de la cantante. Él, que se juró a sí mismo nunca más penetrar a hombre ni mujer. Él, Jesús José Estalin, el maricón de la California, donde único había sentido amistad verdadera era ahí, en el ejército, en el más improbable de los gremios, en las gloriosas Fuerzas Armadas Revolucionarias, en Angola.

En el poco tiempo que pasó en Angola se sintió admirado, no solo por el distintivo glorioso de la Brigada de la Frontera, o mucho más cuando se supo que el grado de teniente se lo había dado, en persona, nuestro Comandante en Jefe. Se corrió la leyenda de que tenía el pene más grande de todas las Fuerzas Armadas Revolucionarias.

Jesús José Estalin era feliz.

Una mañana, en el campamento, se les comunicó que por la noche habría una actividad cultural. Los compañeros del Conjunto Artístico de las Fuerzas Armadas estaban haciendo una gira por todos los campamentos asentados en Angola. Entre las glorias de la cultura cubana allí estarían Silvio, Sara González, Vicente Feliú, María Elena Pena, Alfredito Rodríguez, Mirtha y Raúl, Juana Bacallao y...

El corazón se aceleró, tembló y empezó a sudar cuando escuchó que Farah María estaría esa noche en su campamento. Jesús José Estalin no daba crédito, la vida por fin le sonreía. Querido y admirado por todos, puesto como ejemplo de revolucionario, a pesar de su *defecto*, orgulloso de ser cubano y encima, para llenarlo de felicidad, su ídolo, aquella mujer a la que él quería parecerse, aquella mujer perfecta, con un cuello inigualable, un torso perfecto, unas nalgas sublimes y unas tetas que deberían ser consideradas símbolos nacionales, a la par de la bandera, el himno y el escudo, aquella diva que lo conocía personalmente, cantaría para la tropa en el barro seco y polvoriento de Kuando Kubango, exactamente en la aldea de Menongue, a escasos kilómetros de Cuito Cuanavale.

De los tres uniformes que tenía escogió el menos raído. Lo planchó cuidadosamente y desde las 6 de la tarde estaba listo. Impecable, con sus dos estrellas de teniente pulidas y relucientes como espejos nuevos, Jesús José Estalin Valdés y Valdés se acercó al general Arnaldo Ochoa y le pidió recibir personalmente, en nombre de las Fuerzas Armadas Revolucionaras, a los miembros de la Brigada Cultural. El general, extrañado ante la petición, que venía de alguien que nunca pedía nada, accedió.

Sobre las siete llegaron las dos guaguas Girón V con los artistas. Poco a poco descendieron. Jesús José Estalin se cuadraba militarmente ante todos y cada uno de ellos: compañero Silvio Rodríguez, el teniente Jesús José Estalin Valdés Valdés le da la bienvenida a la Brigada 21 de las gloriosas Fuerzas Armadas Revolucionarias; compañero Alfredo Rodríguez, el teniente Jesús José Estalin Valdés Valdés le da la bienvenida a la Brigada 21 de las gloriosas Fuerzas Armadas Revolucionarias; compañera Sara González, el teniente Jesús José Estalin Valdés Valdés le da la bienvenida a la Brigada 21 de las gloriosas Fuerzas Armadas Revolucionarias...

Uno a uno, todos, pero Farah María, su ángel, nunca bajó.

Según supo después, en el campamento anterior se contagió con un virus que le produjo unas diarreas interminables y tuvo que ser regresada de inmediato para Cuba, donde sería tratada de urgencia.

Se quedó en la tienda de campaña que compartía con otros oficiales, solo, mientras todos disfrutaban del espectáculo. Lloró, mucho.

Cada vez que lloraba, desde niño, su inmenso pene de 47 centímetros se le ponía duro como piedra, sin poder evitarlo. Escondido, avergonzado y desconsolado, intentó dejar de llorar, pero le fue imposible. Las lágrimas caían sobre aquel gigantesco pene humedeciéndolo y haciendo que

131

Jesús se excitara cada vez más. Abatido, se quedó dormido.

Despertó en Cuba, en La Habana, en el Hospital Hermanos Ameijeiras. Supo que estuvo dormido tres años, cuatro meses y seis días. Desde aquella fatídica noche en la que lloró por no poder ver a Farah, cayó en un profundo coma, de origen inexplicable. Tras muchos intentos de despertarle, fue trasladado a Cuba, donde la medicina cubana mantuvo sus signos vitales durante todo ese tiempo hasta que despertó.

Supo también que, durante esos tres años, cuatro meses y seis días, su pene inmenso, de 47 centímetros, estuvo erecto, sin dejar su dureza, a pesar de infiltraciones, drenajes, mechas y cuanto procedimiento médico se intentó. Las visitas fueron prohibidas. Salvo sus padres y el personal médico, nadie pudo ver a Jesús José Estalin durante todo este tiempo.

No pudieron verlo sus compañeros de la Brigada de la Frontera, tampoco los camaradas de Batallón en Angola, ni siquiera sus viejos amigos del barrio. Durante tres años, cuatro meses y seis días, Jesús José Estalin Valdés y Valdés estuvo aislado, dormido y con la pinga pará, como decía su madre, María José.

Poco a poco se fue recuperando. Le costó meses, tuvo que reaprender a caminar y no le era fácil realizar tareas muy cotidianas como escribir o comer con cubiertos. Con la ayuda de Ernesto Guevara Tortoló, enfermero especialista en rehabilitación, poco a poco volvió a ser el mismo.

Ernesto Guevara vivía orgulloso de su nombre. Una casualidad maravillosa hizo que tuviera el nombre y el apellido del Guerrillero heroico. En 1973 respondió al llamado de Fidel para convertir a doscientos cincuenta mil jóvenes cubanos en técnicos en veterinaria, con el fin de producir más leche y más queso que Holanda, pero el primer año desarrolló una alergia profunda al excremento animal. Decepcionado, avergonzado y triste, tuvo que pedir el traslado a la Escuela de enfermería, donde se esforzó y fue el primer expediente de su graduación.

Durante toda la rehabilitación, fue Ernesto Guevara quien puso al día a Jesús José Estalin de los detalles de su convalecencia. Le contó que las enfermeras entraban a la habitación para admirar su pene erecto y duro, que se lo tocaban, que lo besaban. Las del turno de la noche se turnaban para subirse a la cama y meterse aquello hasta donde el dolor les hacía detenerse. Unas vigilaban hasta que les llegaba su turno. Todas las noches se subían a su pene.

Ernesto Guevara era el encargado de mantener sus músculos funcionales. Cada día, mientras duró el coma, movía sus manos, sus brazos, sus pies y piernas. Luego lo bañaba, dedicando media hora a quitar del miembro hermoso de Jesús José Estalin los restos del flujo vaginal de las enfermeras del hospital.

Nadie conocía el pene de Jesús mejor que Ernesto Guevara.

Poco a poco Jesús fue regresando a la vida. Aprendió a caminar, su habla mejoró notablemente y convirtió a Ernesto Guevara en su confidente. Le contó aquella historia vieja de los sótanos del Teatro García Lorca, de Marcos, de Lucas, de Juan, de Mateo. Finalmente le habló de Farah, de la diva, y del dolor inmenso que arrastraba después de años sin verla.

Fue Ernesto Guevara por quien Jesús supo que la Revolución estaba viviendo un Período Especial en tiempos de paz. Guevara también le dijo que la Unión Soviética había dejado de existir y que todo el campo socialista había desaparecido. Fue por el enfermero que limpiaba su pene cada noche que supo de la traición del general Ochoa, de su fusilamiento.

En esas semanas, cuando ya podía caminar y hablar y, sobre todo, cuando su pene descansaba fláccido, recibió muchas vivitas. Compañeros soldados de la Brigada de la Frontera, hermanos soldados de la Guerra de Angola, los amigos del solar, incluso el viejo Peyi, más viejo que nunca, pero siempre cariñoso.

Peyi, que siempre lo quiso mucho, y que sabía que Jesús José Estalin amaba profundamente a Cuba, le pidió permiso a la Santa Bárbara de Marina y le regaló la bandera cubana que supuestamente fuera izada el 20 me mayo de 1902 y que un ex Presidente de la República y ex General del Ejército Libertador le regalara a la primera puta de Cuba.

Jesús abrazó la bandera y lloró. Con la misma bandera vieja, desteñida y algo raída, se tapó el pene gigantesco que empezaba a ponerse duro como piedra.

Un jueves, muy temprano, los doctores entraron en su habitación. Sonriendo le dijeron que estaba curado, y que podía irse a casa esa misma tarde. Le harían un último examen y regresaría a la vida normal. Justo en ese momento, Jesús sintió algo muy profundo, como un llamado. Sin explicarse por qué, se levantó de la cama dejando a los doctores con la palabra en la boca, caminó hasta el ascensor y presionó el botón del piso segundo.

Cuando la puerta se abrió allí estaba, acostada en una camilla, su diosa: Farah María. Sus ojos

135

apagados, su boca recta y mustia, sus tetas caídas. Fue hasta ella y su corazón se aceleró cuando ella le dijo: *Dios mío, Jesús, ¿qué haces aquí?*

No pudo responder. Se quedó en silencio frente a ella, mirándola fijamente, compartiéndose en ella. La diva, con esfuerzo, lo atrajo hacia sí y lo abrazó. Jesús comenzó a llorar mientras su pene golpeó con fuerza inusitada la entrepierna de la cantante. Al sentir aquello, rápidamente se separó de Jesús, y sus ojos no dieron crédito a lo que vio: el pene de Jesús en su erección gigantesca había roto el pantalón del enfermo y, junto a las lágrimas, empezó a regar esperma hasta cubrir la cara de su amada, idolatrada y diosa, Farah María.

Se desmayó, no supo nada más.

Despertó y lo primero que vio fue el rostro conocido de Ernesto Guevara. Solo que esta vez tenía barba, y su pelo estaba revuelto y desordenado. Ernesto sonrió. Torpemente, Jesús le preguntó cuánto tiempo había estado dormido: *nueve años, un mes y cinco días. Mañana es 31 de diciembre del año 2000.*

Jesús suspiró. Se acercó a su amigo y con gesto temeroso le indicó su pene. Ernesto Guevara asintió: *los nueve años, parado, duro como un cañón.* Esta vez, ningún médico supo explicarlo, Jesús no tuvo dificultades para caminar,

136

simplemente se levantó y anduvo. De la mano de Ernesto Guevara fue caminando por los pasillos del hospital, haciendo preguntas, curioso.

Supo, por Ernesto, que sus padres habían fallecido, los dos al pie de su cama. Primero José María, que se contagió con una bacteria en el mismo hospital y no se recuperó y, un año después, María José, de tristeza, apagada por el rumbo de la Revolución y sin esperanzas de que Jesús volviera a la vida.

Estaba solo, Jesús José Estalin Valdés y Valdés no tenía a nadie. Los compañeros y hermanos de la Brigada de la Frontera y la Guerra de Angola, en su mayoría se habían ido del país. Los amigos del solar también, y Peyi había muerto en un derrumbe, un balcón lo aplastó después de un huracán que dejó a La Habana destrozada.

Al día siguiente, el último del año, Ernesto Guevara lo acompañó a su casa. Entró en el solar como un extraño, en su mano la bandera cubana que Peyi le había regalado. Abrió la puerta del cuarto y recorrió las paredes llenas de diplomas, Vanguardia Nacional, Cuadro Destacado, Mil horas de trabajo voluntario...

Su mirada se detuvo en la vitrina. Allí estaba la medalla de Fundador del Departamento de Seguridad del Estado que le diera Ramiro Valdés a su padre, la medalla de 30 años del Sindicato que le diera Esteban Lazo a su madre, y la réplica del machete de Maceo que le diera el Comandante en Jefe Fidel Castro a su papá.

Esa noche Ernesto se quedó con él. Celebraron el nuevo año tranquilos, en silencio. Cuando dieron las doce, ya el primero de enero, Ernesto Guevara y Jesús José Estalin se abrazaron. Ernesto lo besó, Jesús le devolvió el beso.

Despacio, Ernesto se agachó y, con su lengua, recorrió los 47 centímetros de pene de Jesús. Sin hablar, se entregaron el uno al otro, Ernesto a Jesús, Jesús a Ernesto. Mientras Ernesto se la metía, el pene de Jesús quedaba en medio de las dos bocas que lo chupaban sin cesar. El orgasmo fue estremecedor.

Siete veces repitieron. Mientras acariciaba el pene aún erecto y duro de Jesús, Ernesto le contó que Farah María se había ido a vivir a España. Allí abrió un restaurante de comida cubana. Nunca más cantó. El semen de Jesús la dejó sin voz.

Jesús empezó a llorar, su pene creció aún más, grueso. Las venas se pusieron negras. Jesús lloraba mientras Ernesto Guevara no sabía qué hacer. Sin darse cuenta, al intentar ayudarlo, cogió la bandera cubana, aquella que ondeó en el nacimiento de la República, en el Morro de La Habana, para secar las lágrimas de su amado.

Jesús, sin dejar de llorar, desnudo y con el pene erecto como nunca antes, se acercó a la vitrina y cogió el machete de Maceo. Subió a la azotea del solar y, con el machete que aún tenía las huellas digitales de Fidel, de un tajo, se cortó la pinga a ras de la ingle.

Limpió un poco la sangre con la bandera cubana y la ató a su pene, duro e inmenso. En lo más alto del barrio de Colón, en el solar de la California, Jesús José Estalin clavó su pene del cual ondeaba nuestra enseña nacional, la bandera de la estrella solitaria, la de todos los cubanos.

Jesús saltó hasta estrellarse en el duro asfalto de la calle Colón. Miró al cielo y vio, por última vez en lo alto, su pene inmenso, poniéndose fláccido en la medida en que la sangre lo abandonaba. Poco a poco se convirtió en un pedazo de carne muerta y la bandera cubana, manchada de la sangre de Jesús, voló batida por el viento invernal de aquel primero de enero hasta caer justo en su cara al mismo tiempo que dejaba de existir.

Soundtrack

Cada uno de los relatos de este libro tiene su propia banda sonora. Todos menos dos, *Yo maté* y *Puño duro*. La sordidez que describen solo merece el silencio.

- Yo maté. (...)
- El hombre nuevo. (*Inseminación artificial*: Pedro Luís Ferrer)
- Mikoyán. (*La chica del granizado*: Ibrahim Ferrer)
- Carta a mi sobrino cubano. (*La otra orilla*: Frank Delgado)
- Puño duro. (...)
- Agua. (*Stairway to Heaven*: Led Zeppelin)
- Viento. (*Como un ángel*: Carlos Varela y también *Media Verónica*: Andrés Calamaro)
- Ernesto. (*Amante Bandido*: Miguel Bosé)
- Maceo. (*Cuba libre*: Gloria Stefan)
- José. (*Guantanamera*: Celia Cruz)
- Carta a mi sobrino norteamericano. (*Cuba que lindos son tus paisajes*: Willy Chirino y Celia Cruz)
- El último barbudo. (*Nuestro día*: Willy Chirino)
- Jesús. (*Con juventud y experiencia*. Farah María)

Si se embullan a escucharla aquí les dejo una
playlist de Spotify.

Pollo x pescao

En *Pollo x pescao* conviven comandantes, deportistas, verdugos, investigadores de primer nivel, asesinos y sus víctimas. Estas páginas describen imágenes y personajes reales e imaginados de la Cuba de los últimos sesenta años. En el libro cohabitan música y choteo, sexo y suicidio. Los textos que lo conforman fueron escritos en los últimos cinco años y son un espejo de lo que Cuba es para el autor: una mezcla de lo posible con lo falso, de lo real con lo improbable, de la verdad con la ficción.

Sobre el autor

Jorge de Armas. Industria 56 entre Colón y Refugios, Barrio de Colón, La Habana. Sus escritos han sido propalados en medios de prensa y alguna que otra antología. Vive en Miami, una isla rodeada de Cuba por todas partes.

Made in the USA
Columbia, SC
26 August 2022

66128793R00088